目次

本書は書き下ろし作品です。

我が名はアル・ディーン、父の名はアルシス、母の名はデビ・エリサ、中原の聖なる王国パロの王子にして第四王位継承権者――それがぼくだ。それが、まことのわが名なのだ！

――マリウス

サリア遊廓の聖女1

プロローグ――七年後

その日もはじまりはいつもと同じ、暮れをしらせる鐘の澄んだ音だった。

暮れ、といっても季節は夏だ。まだ日も落ちきらず、街を夜闇がおおうまでにはしばらく時間がかかる。それでもこの街ではどの季節も同じように、晩頭の一点鍾が鳴りさえすれば、通りにならぶ店々の軒先には赤い飾り灯やぼんぼりがともされる。そして街じゅうのそこかしこから、二本絃のクム琴や竹笛《ショーム》が奏でるゆったりとした曲が流れ、きらびやかな夜見世のはじまりを告げるのだ。

現世《うつしよ》から夢幻《ゆめまぼろし》の世界へと人びとを誘う音楽の調べとともに、官能をくすぐるかぐわしい香《こう》や、甘やかな阿片のかおりもただよってくる。その音と匂いに誘われるように、愛の女神たちの艶《なま》めかしい像が刻まれた大門を、欲望と期待に胸をふくらませた男どもが次から次へとくぐってゆく。その男たちを妓楼《ぎろう》の籬《まがき》から迎え、誘う遊女たちの嬌声や、牛太郎《ぎゅうたろう》たちの無遠慮な客引きの声が聞こえてくる。

そんなようすをマリウスは、大門へと続く橋から眺めていた。広い堀をわたる風が肌にひんやりと心地よく、頭上からのしかかる大柳をさやさやとゆらしてゆく。それはもう、遠くなってしまったあの日となにひとつ変わらぬ光景だった。

（かわらないんだな、ここは。あのころと、ちっとも……）

ロイチョイの西の廓《くるわ》――

快楽の都タイスにあって、その名を中原にとどろかせているその巨大な遊廓をマリウスが訪れるのは、ずいぶんと久しぶりのことだ。

あのころ、黒竜戦役を経た祖国パロはモンゴールの占領下にあった。《中原の宝石》と讃えられた美しい首都は野蛮なゴーラの兵たちに蹂躙され、人々は理不尽に彼らの平和を奪った異国の圧政に苦しんでいた。だからマリウスは、一度は捨てた祖国と、そして袂《たもと》を分かった兄ナリスとふたたび連絡を取り、その密偵を務めていたのだ。

しかし、それもタイスを訪れる直前までのことだった。

そう、マリウスがかつてこの街を訪れたとき、彼は再びナリスと訣別し、パロへは二度と帰らぬと決意していたのだった。マリウスは祖国と兄を裏切り、祖国と兄に裏切られ、敵国の都で心通わせあった公子を自らの咎《とが》によって失い、傷つき、疲れ、半ば絶望して放浪していた。そして揺れる思いを抱えながらこのタイスにたどりつき、ひょんなことからこの西の廓にまぎれこみ、そこで思わぬ騒動に巻きこまれ、しばらくのときを過ごしていたのだった。

（もう二度とここに来ることはないだろうと思っていたのに）

高い塀に囲まれた、まるでそれ自体がひとつの建物であるかのようにさえ見える遊廓――その大門の向こうにちらりと見える極彩色の街なみを眺めながら、マリウスはあの当時のことをぼんやりと思い出していた。あのころ、西の廓で過ごした日々の思い出――彼にとっては激しく、やさしく、またほんのりと甘く、そしてあまりにも苦い思い出が、マリウスの胸の奥をちくりと刺した。それでもその痛みは、かつてこの街のことを思い出すたびに感じていたものよりは、ずいぶんと和らいでいることにマリウスは驚いた。日にち薬、という言葉が脳裏に浮かぶ。やはり、あれから長いときが流れたのだ――と彼は思った。

静かに、ゆったりと、しかし容赦なく、なにもかもを押しながす津波のように、時は着実に流れているのだった。あれからもう、七年の時が過ぎた。あのとき祖国を蹂躙したモンゴールは滅び、一度は復活を果たしたものの、いまはまた国体を失い、マリウスとの因縁も浅からぬ卑劣なゴーラの殺人王の支配下にある。ナリスの活躍で異国の軛《くびき》から逃れたパロも再びの戦火に遭い、北の大国ケイロニアの支援なしには国としてのかたちを保つことすら難しい瀕死の状態にある。そしてそのナリスも――かつてマリウスがこの地を訪れるきっかけとなり、そして彼の心の奥底に渦巻く愛憎の中心につねにあった異母兄もまた、すでにこの世を去って久しい。ふと気づけば、マリウス自身がパロの第一王位継承権者などという、祖国を出奔したときには思いもよらなかった立場に立たされているのだ。決して自分では認めたくはないし、認めるつもりもないが、本来ならばこのような猥雑な場所にひとり、吟遊詩人の三角帽をかぶってたたずんでいることなど、許されるはずもない。マリウスが最も忌み嫌う、そんな立場に彼をいやおうなしに追いやるほど、時は無慈悲に過ぎ去ってしまったのだ。

だが――

ロイチョイの西の廓だけは、あのころとはまるで変わらぬままそこにあるようにマリウスには見えた。その赤と緑と金に彩られた派手派手しいたたずまいも、大門の外にあってさえただよってくる脂粉と紫煙、阿片の匂いも、下卑た男たちの笑い声も、かすかに聞こえる遊女たちの媚びたような艶めかしい声も。クムの外にあってはサリア遊廓の名で知られ、クムにあっては単に西の廓と呼ばれるこの世界最大の遊廓は、いまでも男どもにとっては最高の天国であり、そして女ども――廓で暮らす遊女たち、世界で最も美しいとまで讃えられる彼女たちにとってはこの世の生き地獄――苦界、そのものであるのだろう。

(ジャスミンは、あれからどうなったのだろう)

この遊廓でかつて出会った遊女。彼と不思議な因縁で結ばれていた美しいひと。マリウスの魂に触れ、マリウスに真実を教え、そしてマリウスを深く傷つけた、憂いにあふれたその大きな瞳。この場所に立ち、そっと目を閉じさえすれば、深い哀しみをたたえ、強い決意を秘めて彼をじっとみつめていた、忘れようにも忘れられぬ最後の表情が、否が応でもまぶたに浮かぶ。その秀麗な美貌はいまでも凜として静かな笑みをたたえているが、それでもマリウスの胃の腑をもやもやと重たくおしつぶす苦痛をともなっていた。

（やっぱり、くるべきじゃなかったかな）

その遊女のことを――当時の彼の無力を思い出させずにはいられない彼女のことを、マリウスは金輪際《こんりんざい》、忘れてしまおうと思っていたのだった。しかし、ひょんなことからグインやリギア、フロリーたちと旅の一座を組んでしまったことがきっかけで、マリウスはふたたびタイスを訪れることになってしまった。その際、タイスを訪れた経験を人に問われたときに、まるではじめて訪れるかのようにふるまい、わざとはしゃいでみせたのも、かつての出来事をなきものとしてしまいたいという思いがとらせた行動に他ならぬ。

それでも、このところ寵愛《ちょうあい》を受けているタイス伯タイ・ソンからしぶしぶながらもようやく許しを得て、タイスの街を一晩だけ散策できることになったとき、マリウスの足は自然にここ――西の廓に向いてしまったのだった。だが、もしかしたらあのときとはすっかり変わり果ててしまったジャスミンの姿を目にしてしまうかもしれぬ、と思うと、マリウスには大門をくぐるだけの勇気は出なかったのだ。

（——帰ろう）

マリウスはくるりと大門に背を向け、歩き出した。

が——

「おい、マリウス！　もしかしてマリウスじゃねえか？」

背後からふいにかけられた大きな声に、マリウスはびくりとしてふりむいた。しかし、彼の鋭い耳はもう、ふりむく前からその陽気でしわがれた声の正体を聞きわけていた。

案の定、橋の向こうから見覚えのある、がっちりとした隻腕《せきわん》の男が小走りによってきていた。もっとも記憶よりは少しだけ年齢《とし》をとり、額はわずかに後退したようにみえる。あごは相変わらずたくましく張り、眉間には深いしわが刻まれ、頬にはぎざぎざの傷がはしっているが、満面に浮かんだ人好きのする笑みがその獰猛《どうもう》な印象を裏切っていた。

「おお、やっぱりマリウスだ。そうだろう？　久しぶりだなあ、おい」

驚いて声も出ないマリウスに男は駆けより、太い左腕でマリウスの肩をがっしりと抱いた。

「——ワン・チェン・リー！」

一瞬ひるんだマリウスも、男をそっと両腕でだきかえした。

「久しぶりだね。元気だった？　まだ廓にいたんだね」

「ああ、もちろん。俺にはもう、他に行くところなんかないからな。いまじゃ自警団のほうで働いてるよ。いまもそこの番所に詰めていたところさ」

もともとが西の廓の遊女の子として生まれた剣闘士くずれの男は、昔と変わらぬ人なつこい笑みを浮かべ、大門の向こうにある小さな建物を指して云った。

「そしたら、なんだか怪しいヤツが大柳のしたからこっちをうかがってるじゃねえか。なんだ、あいつ——と思ってみていたら、どうも背格好に見覚えがある。こりゃあ、もしかして、と思って声をかけてみたら、やっぱりお前だったたってわけだ」

チェン・リーは、マリウスの肩をばんばんと強く叩いた。

「それにしてもマリウス、よく生きてたなあ。あんときはいきなり姿を消しやがって——だけど、あのあといろいろ話を聞いて、こいつぁ、てっきりヤバい連中にとっつかまっちまったのかと——かわいそうなことになっちまったなあ、と思ってたんだぜ」

「ああ、その……あのときは、ごめん。その、いろいろと——」

マリウスはおそるおそるチェン・リーの顔色をうかがった。

「怒ってないの？」

「怒ってねえよ。怒るもんか。——いや」

チェン・リーはにやりと笑った。

「怒ってたような気もするが、もう忘れちまった。七年も前のことだからな。ま、終わったことだ。よく戻ってきたな。いったい、どういう風の吹きまわしだ？　まさか、大闘技会に出ようってんじゃねえだろうな」

「まさか」

マリウスは小さく首を振った。

「ぼくがそんなものに出るわけないだろう。もう剣なんか振れやしないよ」

「そうか？　あのころはなかなか筋のいい剣を振っていたじゃねえか」

「きみには子供扱いされたじゃない。まあ、いまよりはましだったかもしれないけれど」

マリウスは苦笑した。思えば、確かにあのころは、北方の魔女の村ではかのゴーラ王と互角に渡りあったり、北の大国の都では暴漢から皇女を救ったりしたこともあったのだ。だが、決して剣を持たぬと誓ったいまの彼には、もはやそのようなことはとうてい無理な話だ。

「まあ、そんなことはどうでもいい。なあ、マリウス、またしばらくここにいるのか？」

「ああ、うん。――あ、いや、その……」

マリウスはもごもごと口ごもった。チェン・リーは顔をしかめた。

「なんだよ。はっきりしねえな」

「うん、まあ、タイスにはしばらくいることになりそうなんだけれど……その、いまは紅鶴城に——タイ・ソン伯のところに世話になっていてさ……」

「なにい？　タイ・ソンのところだと？」

チェン・リーは露骨にイヤな顔をした。

「なんでお前、よりによってあんなやつのところにいるんだよ」

「ああ、うん。——ごめん」

「なにも謝るこたあねえが。わけを話せよ。——っても、こんなところで立ち話もなんだな」

チェン・リーはちょっと思案した。

「そうだな……まあ、とりあえず廓へ来い。なじみの茶屋ででも一杯やりながらじっくり話を聞かせてくれよ。ほら、あのミセリ亭。なつかしいだろ？」

チェン・リーはマリウスの腕をがっしりとつかみ、橋向こうの大門へと誘った。マリウスは少し躊躇《ちゅうちょ》したが、ひょいと肩をすくめると、チェン・リーに導かれるがままに橋を渡った。堀をわたる風がまたざっと吹き抜け、まだ残る夏の熱気を少しだけ吹き散らかしてゆく。と思った次の瞬間、マリウスは大門をくぐり抜け、懐かしい西の廓に入っていた。

そのとたん――

（うわあ……）

目に鮮やかに飛びこんできた光景に、マリウスは思わず目を見張った。廓の仲通り――幅十タッドほどもあるミーレ通りの真ん中には、独特の薄い緑色の幹に濃い緑の葉を茂らせ、そのあいだから満開の真っ赤な大きな花をいくつものぞかせたシレンの木がずらりと植えつけられ、並んでいたのだ。そのなんともタイスらしい豪奢な光景に、マリウスはたちまち目を奪われた。あたりには派手な見かけのわりに品の良いシレンの花の香りがふんわりとただよい、濃い阿片やたばこの匂いをやさしく和らげている。西の廓では毎年、シレンの花が満開になるこのひと月ほどのあいだだけ、わざわざ仲通りのまんなかにシレンの木をいっぱいに植えかえてにわかに並木通りをつくりだし、タイスの夏を粋に演出するのだ。

かつて話にだけは聞いていたその風景にみとれながら、マリウスはその香りを胸いっぱいに吸いこんだ。その誰もを別世界へと誘わずにはおられぬ空気とともに、かつてここで暮らした短い日々が徐々に、あざやかに、しかしやはりかすかな痛みを伴ってよみがえってくる。

「ちょっとここで待っててくれ。番所にことわってくるから」

そういって大門のわきの番所に入っていったチェン・リーを見送ったマリウスの横か

ら、からん、からーん、と澄んだ鐘の音が響いてきた。それと同時に、ミーレ通りを埋めつくしていた大勢の男どものあいだから、おおっ、と期待に満ちたざわめきが起こった。

「高級遊女《ハオリャン》だ!」

「ハオリャンの道中がくるぞ!」

その声に、それまで妓楼の籬をのぞきこみ、今夜の敵娼《あいかた》の品定めに興じていた男たちまでもがいっせいに振りかえり、それぞれに伸びあがるようにしながら仲通りに目をやった。マリウスも生来の好奇心を発揮して、たちまちできた人垣のうしろから首を精いっぱいに伸ばし、つま先だって鐘の鳴るほうを見やった。

やがて通りの向こうから、どこぞの妓楼の紋を高々と掲げた何人もの男衆に先導された無蓋の馬車がゆったりと現われた。そのわきには目もとにきりりと化粧をし、唇に紅をちょんと差した幼い遊女見習《イェリャン》いがふたり、可愛らしく着飾って付き添っている。そして馬車の上には、つややかな黒髪を見事に結いあげ、袖口が大きく開いた半袖の短い胴着に、色とりどりの絹の端布《はぎれ》をあわせたふんわりとした長いスカートを身にまとった美しい遊女が、ゆったりと羽扇を扇《あお》ぎながら座っていた。その扇が動くたびに、手首につけた鈴がしゃんしゃんと小さく音を響かせる。

高級遊女《ハオリャン》、といえば、五千人ともいわれる西の廓の遊女——それも世界で最も美しい遊女があつまっているといわれる廓の遊女のなかでも、ほんのひとにぎりしかいない最高の遊女である。ハオリャンの称号を得るためには、たぐいまれな美貌や巧みな閨《ねや》ごとはもちろんのこと、さまざまな芸ごとに習熟し、貴族のごとき気品あふれる所作を身につけなければならぬ。男どもはむろん、女ども――特に廓の遊女たちにとっても憧れと羨望の的たる存在である。当然ながら揚《あ》げ代も高く、とても庶民には手が出ない高嶺の花だ。となれば、馴染み客となれるのは貴族や大商人といった裕福な層に限られてくる。妓楼にとっても、ハオリャンを抱えているかどうかで実入りが十倍は違うといわれる大事な看板だ。

だから馴染みの客が廓を訪れると、こうして妓楼は宣伝もかねて賑々《にぎにぎ》しく道中を行い、高級遊女《ハオリャン》に客を迎えに行かせる。ハオリャンと閨をともにするなど夢見るべくもない有象無象《うぞうむぞう》の輩《やから》にとっては、いわばクム一の美女を目にすることができる数少ない機会でもある。それがこの西の廓の名物となっているのだ。かつてマリウスがここに逗留《とうりゅう》していたころも、何度となくその道中を目にしたものだ。マリウスはあらためて、馬車に乗ってゆったりと通りを向かってくる優雅な遊女をながめた。

その美しい遊女がまとったヨウィス風の衣裳には、クムらしく真紅に金糸や銀糸で豪《ごう》奢《しゃ》な刺繍が施されていた。大きく開いた胸もとからは乳房がたわわに盛りあがり、短い胴着の下からは、引き締まった腹が大きくのぞいている。長いスカートは大胆にななめにカットされ、艶めかしくも形のよい左脚のももからはぎまでがすっかり露わになっている。はずむように揺れる乳、縦の小さな切れ込みのような可愛らしいへそ――細身ながらも柔らかく豊満な体つきが否が応でも男どもの欲望をそそる。これはたまらぬ、とばかりにまわりの男どもからいっせいにほおっ、とため息がもれた。そのようすにマリウスは苦笑しながら、目の前にやってきた遊女の顔をなにげなく見た。と、遊女と目があった。その瞬間、遊女は少し驚いたように一瞬だけ目を見張り、つんとすましていた口もとにわずかに笑みが浮かび、そしてマリウスに向かってかすかに会釈をしたように見えた。目尻をふちどる緑の宝石粉と、額に描かれた深紅の「ヨウィスの星」が、マリウスの記憶の底に眠る残像を鮮やかによみがえらせる。マリウスははっとなった。

（――ジャスミン・リー！）

マリウスの胸がひとつ、どくんと大きく鳴った。その姿がマリウスには一瞬、忘れようにも忘れられぬあの遊女であるようにみえたのだ。

しかし――

（違う。あれはジャスミンじゃない。エッナであるわけがない……）

むろん、その遊女はかつてマリウスと儚《はかな》い恋をした、ふくよかな香りの花をふたつ名にもつ高級遊女であるはずはなかった。彼よりも少し年上であったジャスミンであるにしては、その遊女はあまりにも若すぎたのだ。おそらくはまだ十代だろう。だが、そのぱっちりとした二重の大きな瞳、品よく通った鼻筋、かたちよく尖ったあごに、慈母のように優しい笑みが浮かんだくちびるは、マリウスの記憶に残るジャスミンの姿とみまごうほどによく似ていたのだった。

（でも、あの娘はぼくのことを知っているようだった）

――ということは、まさか。

馬車を降り、若い衆に先導されながら客が待っているとおぼしき待ち所へと向かってしなやかに歩いてゆく遊女の後ろ姿を、マリウスは呆然と見送った。

「どうだ。すごくきれいになっただろう？」

チェン・リーの声にマリウスは振り向いた。彼の目は優しく、少し哀しげに遊女をみつめていた。

「チェン・リー」

マリウスはおそるおそる尋ねた。

「あれは……あの娘《こ》、だよね？」

「ああ」

チェン・リーは小さくうなずいた。

「そうさ。面影は残ってるだろう？」

「うん、そうだね」

マリウスは改めて、宿へ消えようとしている遊女の後ろ姿を眺めた。

「ずいぶんと落ち着いて、おとなになって……あんなに——なんていうか、おてんばで無邪気な娘だったのに」

「そうだな」

チェン・リーは低く笑った。マリウスは小さな痛みを覚えながらうなずいた。

「ほんとに、もうすっかり綺麗になって……もちろん、あのころからとてもきれいな娘だったけど——驚いたなあ。それにすごく……」

マリウスは口ごもった。だが、チェン・リーはマリウスが云いかけたことを鋭く察したようだった。

「ジャスミンに似てる、だろ。あのころの」

「……うん。そう、本当に似てる。一瞬、ジャスミンかと思ったよ。でも……」

マリウスは少したためらったが、おそるおそる尋ねた。

「——なぜ?」

「ん?」

「なぜ、あの娘はここにいるの?　それに——」

マリウスは、こくりとつばを飲んだ。

「その……ジャスミンはあれからどうなったの?　まだこの廓にいる——?」

「──いや」

チェン・リーはマリウスをじっと見つめ、しずかに首を振った。

「ジャスミンは亡くなったよ。もう、とっくに……あれからまもなくな」

「ああ……」

やっぱり、そうか──

むろん、予想はしていた。が、それでもはっきりと耳にしてしまえば、下腹を殴られたように重い衝撃が走る。マリウスは思わず目を伏せた。

「──ま、そのあたりの話もおいおい聞かせてやるよ。とにかく店へ行こう、な。あれからどうしていたのか、お前の話も存分に聞かせてくれ。もちろん、なつかしい歌もな」

チェン・リーの声に、マリウスは小さくうなずき、あとに続いてうつむきかげんに歩き出した。その脳裏にまた、かつてこの廓で過ごした日々──七年前の遠い日々のことが走馬灯のようにめまぐるしく、あざやかに駆け抜けていった。

第一話　タイスの吟遊詩人

1

初夏——

紫の月をむかえて十日目のその日、東の空は早くもうっすらと白みはじめていた。

むろん、深更はとうに過ぎた。未明の六点鐘の澄んだ響きが遠くから聞こえる。それを合図に、不夜城たるロイチョイの夜を最後まで照らし続けていた篝火《かがりび》や提灯がすべて消され、この西の廓をつかの間の闇がおおう。妓楼の窓もすべて閉められ、ぼそぼそと聞こえていた遊女と客の睦《むつ》み言の気配も帳《とばり》の向こうに遠くなる。夜通し働いていた下女や遣り手、若い衆たちもようやくやれやれと肩の荷を下ろし、いそいそとそれぞれの部屋へ戻って遅い眠りをむさぼりはじめるのだ。そうしてあたりからすべての気配が消え、濃くただよっていた阿片や黒蓮、香や化粧のにおいも薄れたころ、西の廓はそのたゆたうようなうごめきをようやくとめるのである。

だが――

わずかな息吹さえも消え失せたかのようなその廓のほんの一角で、このときを待っていたかのように動きだすかすかな気配がした。

その気配は、小さな妓楼からただよってきた。仲通りからはだいぶ入ったところにある妓楼である。アイノ遊廓や蓮華楼、紅夢館など、名だたる大妓楼とは比ぶべくもない平凡な廓だが、それでも世界に名高いタイスの西の廓――サリア遊廓の一角に見世をかまえるにふさわしく、そのたたずまいは絢爛《けんらん》だがどこか瀟洒《しょうしゃ》でもある。そんな廓の裏っ側、表のきらびやかさとは裏腹に、ごみや落ち葉が散らばってみえる狭い路地に面した小さな窓がそろりと開いて、稚《わか》い娘が顔を出した。

娘は不安げにあたりを見まわし、誰もおらぬのを確かめると、そのまま身体を細めてするりと窓から抜けだして、少々危なっかしく路地に飛びおりた。赤い絹の夜着を重ね着して、薄い布地の室内履きを二重に履き、手には小さな袋をぎゅっと握りしめ、つやつやとした長い髪は簡単にうしろでまとめてある。そのまましばらくじっとして、誰にも気づかれたようすがないのを確かめると、娘は足を忍ばせて、まだ薄暗い路地をどこぞへと向かいはじめた。引きむすんだ口もとからは、ようやくわずかな意志と力とを身につけはじめた少女ならではの断固たる決意が伝わってくる。

娘もう、今年で十四歳になった。なのに彼女はまだ、ほんとうの夜空をみた記憶がない。なにしろ西の廓の遊女の子として生まれ落ち、そのまま廓のなかで遊女見習《イェリャン》いとして育てられてきたのだ。不夜城、と世に名高く、それを誇りにもしているロイチョイである。だから夏だろうが冬だろうが、通りに並んだ篝火や、軒につるされた提灯が一晩じゅう消えることはない。世を司《つかさど》り、人びとの運命を定めるという摩訶不思議な星辰《せいしん》を織りなす星々のかすかなきらめきなど、地上の灯りにかき消されてしまう。それはまこと、思うままにならぬ生を過ごす人びとが、その憂さを晴らし、過去への悔恨と未来への畏怖を忘れるべく集うこの街にはふさわしいさまであったかもしれぬ——が、そのようなものに思い至るには、娘はあまりにも若すぎた。彼女はまだ、自らの運命を自ら切り開くことができぬなどとは夢にも思わず、その身内にはただひとつ、若者だけが持つ希望と野心とが満ちあふれていたのである。

廓の外を知る下女からは、タイスを少し離れれば、月のない夜なんぞは真っ暗で、無数の星が輝いて、乳のように白い光のおびが空を横切っている不思議な光景が見えるのだ、と聞いたことがある。娘はそれを思い出し、ほんの少し足をゆるめて空を見た。だが通りの灯りこそ消えてはいても、すでに白みはじめた空にはやはりぽつりぽつりとしか星は見えぬ。あたりも少し暗さが薄れてきた。この分では、もうまもなく日が昇ってしまうだろう。空など見あげている暇はない。娘はふっ、と強く息をつき、まっすぐ前に向きなおって決然として足をはやめた。路地の固い地面はよく均《なら》されてはいるが、それでもごつごつとした感触が靴の布地を通して柔らかな足裏につきささる。廓は信じられぬほどにしんとして、湖のほうから聞こえるかすかな鳥の鳴き声以外はなんの気配もせぬ。遊廓ならではの煙るような香りが薄れ、朝の近さを知らせるさわやかな空気が頬をひんやりとなでてゆく。

やがて娘は、路地に面した窓のしたで足をとめた。娘が抜けだしてきたのと同じような小さな妓楼の窓だ。娘は少し息をはずませながら、足もとから指先ほどの小石を拾いあげ、目あての窓めがけて軽く投げつけた。

こつん、と窓に小石がぶつかる音がした。娘は様子をうかがった。が、いらえはなにもない。娘はじれてかるく地団駄《じだんだ》を踏み、もういちど小石を投げた。今度は先ほどより少し大きな音がして、なかで誰かが動きだす気配がした。まもなく窓がかすかにきしみながら開き、別の少女が顔をだした。見れば年のころも背格好も、顔立ちさえも娘とうりふたつだ。当然だ。ふたりは双子なのだから。

「メイ・ウー！」

娘は窓のしたに体を隠すようにしながら、ささやくように少女の名を呼んだ。少女は軽くあくびをしながら、路地をきょろきょろとみまわしている。

「――メイ・イン？　どこ？」

「ここよ、メイ・ウー」

双子の妹は首を伸ばして窓のしたをのぞきこみ、ようやくメイ・インをみとめて微笑んだ。

「ああ、おはよう、メイ・イン」

「おはよう、じゃないわよ！」

メイ・インはじれてまた地団駄を踏んだ。

「時間がないんだから、早く出てきて。準備はできているんでしょうね。着替えはすんだ？　荷物はまとめた？　もう、おまえはいっつものろまなんだから！」

「おこんないでよ。いま、すぐいくから」

メイ・ウーはいったん顔を引っこめると、窓からおっかなびっくりに小さな尻を突き出すようにして、もたもたとうしろむきに降りてきた。途中で足をすべらせてあやうく落ちそうになるのを、メイ・インがあわてて支えてやる。どうにか無事に路地に立って、メイ・ウーはメイ・インに微笑みかけた。

「ありがと」

「まったく、もう、そういうのはいいから。ほら、いくよ。もう夜が明けちゃう。わかってるでしょう？　魔女のおばあさんにいわれたこと。日が出る前に廟《びょう》にいけって。そうしないと母さんには会えないって」

云うとメイ・インは、さっさと先に立って歩きはじめた。普段からのんびりしている妹も、あわてた様子でついてきた。しっかり者の姉はむろん、周囲に誰かひとの目がないか、いっさい注意は怠らぬ。ここから廟まではわずかな距離だし、抜けてゆく道も人目にはつかぬ細い路地ばかりだが、それでも万が一みつかってしまえばなにもかもが台無しだ。あっという間に叱られて、ふたりとも妓楼に連れ戻されてしまう。なにしろ機会は一度きり、とあれほど魔女に念を押されたのだ。さもなければ、二度と母には会えぬだろう。

とはいっても、ふたりは母を知らぬ。父も知らぬ。知っていることと云えば、母は名もわからぬ遊女であり、父はその遊女の数多《あまた》ある客のひとりであるらしいということだけだ。もっとも、それを知ったのも遊女見習い《イエリャン》になってからのことなのだが。

そのような娘は、この廓にはごまんといる。いうまでもなく、廓という苦界で暮らす遊女は、つらい運命を背負わされた女たちだ。見た目こそ貴族のように綺麗に着飾り、おおいにちやほやされてはいるが、結局は好きでもない何人もの男と毎晩のように肌を重ね、その汚らわしくもある欲望の猛りを胎内に受け入れねばならぬ。そうせぬと稼げぬし、稼げなければ、いつまでたっても遊女から足を洗うことができぬ。それどころか、生きてゆくことさえおぼつかぬ。だから遊女どもは、表向きはにこやかに、華やかに笑みを浮かべながらも歯を食いしばり、この生き地獄のなかで文字通り体を張って必死に生きているのだ。

だが、そうして毎晩のように客の相手をしていれば、いつの間にか誰の種ともしれぬ子を宿してしまうこともある。むろん、そのようなことがあまり頻繁に起こるようでは、遊女にとっても妓楼主にとっても商売にならぬ。であるから、それを防ぐための薬や手技、厳しい決まりごとなどが廓にはある。しかし、なにしろ西の廓だけでも、あわせて五千人からの遊女がいるのである。どうしても毎年、何十人かはメイ・インやメイ・ウーのような子が生まれてくる。そのような子供は、生まれるとすぐにみな母から――遊女から引き離され、廓の一画にある《ミーレの館》と呼ばれる孤児院に集められて育てられるのだ。

このヴァーナ教の愛の女神の名を冠した孤児院の子供たちには、父親はむろん、母親の名も知らされぬ。それどころか、母も父も死んだと教えられるのだ。なにしろ母親は遊女である。赤児がそばにいては仕事にならぬし、そもそも子供の世話などをしている暇もない。そのため、子供が生まれるとすぐに遊女は子供との縁を切る。というより、なるべく赤児に情がうつらぬうちに、とむりやり切らされるのだ。そうすれば、産褥《さんじょく》があければすぐに仕事に戻れるのだから、妓楼主はむろん、遊女にとってもそのほうが都合がいいのだ――というのが、廓側の勝手な云い分であった。当然、彼らには母たる遊女や孤児たちの心情などいっさい斟酌《しんしゃく》するつもりもない。まことにもって亡八《ぼうはち》とはよく云ったものである。

　ましてやメイ・インのような娘らは、廓にとっては金の卵でもある。なにせ西の廓の遊女といえば、世界じゅうから選りすぐられた美女たちの集まりなのだ。そんな遊女が産んだ子だから、《ミーレの館》の娘も器量よしが多い。メイ・イン、メイ・ウーの姉妹もむろん例外ではない。すらりと細い首、小さな卵がたの顔、くっきりとした二重の切れ長の目、すっと通った鼻すじにぷっくりとした赤い唇——まだ十四歳、いまだ羽化せぬさなぎだが、いずれあでやかな蝶となることは誰の目にも明らかだ。だから、《館》の娘たちは大事に育てられる。そうしてごく小さいころから廓の作法を教えられて、十になれば遊女見習いとしてどこぞの廓に入り、十七になれば正式に遊女として水揚げを迎えるのだ。

　とはいえ——

　どれほど大事に育てられようとも、母が恋しくない子供などおらぬ。母の胸に抱かれたこともなく、母に見守られて眠りについたこともなく、その手のぬくもりすらも一度も知らぬ彼女たちにとって、母は憧れであり、まだ見ぬ菩薩であり、やすらぎの象徴である。ほんとうは自分の母は死んでなどおらず、ましてや遊女などではなく、どこかの高貴な血筋の出のものであり、自分はさらわれてこの廓に連れてこられたに違いない、だからいつか母が自分を見つけ、この廓から連れ出してくれるのだ——そんな埒《らち》もない夢想をしたことのない《館》の子など、おそらくひとりもいないだろう。そんな娘たちがこのあいだ、稽古ごとの帰り道に声をかけてきた見慣れぬ占い女から、ほとんどあきらめていた憧れの人に——母に会えると託宣を受けたのだ。

(母さんにあいたいかい？　メイ・イン、メイ・ウー)

面白半分に入った占い小屋のなかで、次から次へと魔女に自分たちのことを云いあてられ、驚きのあまりに呆然としていたふたりに、魔女は突然こう云ったのだった。

(もし母さんに会いたいのなら、三日後の半月の夜、日が昇る前に廓の廟へ行ってみるといいよ)

小さな薄暗い小屋のなかで深々とフードをかぶり、目もとを隠した魔女は、ヨウィスの民が使う占いのカードをテーブルに広げ、口もとを思わせぶりにゆがめながら、よく耳を傾けなければ聞きとることもむずかしい、低くしわがれた声で云ったのだった。

(ただし、必ずおまえたちふたりそろっていかなければいけない。そうでないと、なにか怖ろしいこと、例えば、どちらかの目がみえなくなるとか、耳が聞こえなくなるとか、そんなことが起こると卦《け》に出てるからね。それから、おお、そう、誰にも姿を見られてはいけないよ。母に会うとひとに告げてもだめだ。そうでなければ、たとえ母さんに会えても、かえってお前たちは不幸になってしまうと星が告げているよ。——でも、いうことさえ守っていれば心配はいらないよ。きっと母さんに会えるから、廟に行ってごらん)

フードのなかからぎらりと光った魔女の玻璃《はり》のような目としわがれた声が脳裏によみがえる。思わず背を走った冷たい震えを、メイ・インはあわてて打ち消した。むろん、もう思春期を迎えようという娘たちだ。そんな託宣をたちまち信じこむほどうぶではないが、鼻で笑ってすませられるほどにはすれてもおらぬ。もしかしたら、ほんとうに母に会えるのかも知れぬ——生まれて初めて身のうちに生じたその希望を、なにもせずに捨てさることなどできようもないではないか。

そんなメイ・インの思いを知ってか知らずか、相変わらずのんびりとメイ・ウーが話しかけてくる。

「——ねえ、メイ・イン。ほんとうに大丈夫かなあ」

「しっ！　メイ・ウー、声が大きい」

メイ・インはふりかえると唇に指をあて、のど声で妹をたしなめた。メイ・ウーは首をすくめた。

「ごめん」

「まったく、もう——で、大丈夫って、なにがよ」

「もちろん、あの魔女のおばあさんのいったことよ。あれ、ほんとうに信じていいのかしら」

「そんなのしらない」

メイ・インはメイ・ウーに目もくれずにそっけなく云った。

「でも、あのおばあさんの占い、すごかったじゃない。あたしたちのこと、名前も年齢《とし》も悩みごとも大切にしてるものも、何からなにまでぜんぶ当てちゃってさ。あたしたち、なんにも云わなかったのに」

「そうだけど……」

「だから、お母さんのことも当たってるんだよ、きっと」

「うーん……そうかなあ……」

メイ・ウーは承服しかねる、というようすで首をひねり、黙りこんでしまった。

「——まあ、あたしも正直、完全に信じたわけじゃないんだけどさ」

メイ・インは認めた。

「でも、やってみるだけやってみたっていいじゃない。会えなければ会えなかったで、みんなにばれる前に戻ればいいんだし。っていうか、こんなこと、さんざん二人で話して決めたんじゃないの。なにを今ごろになって怖気づいてるのよ」

「そうなんだけどぉ」

「なによ、もう。あんたはどうしてそう、昔っから煮えきらないのかしらね」

メイ・インはいらいらと舌打ちし、妹の肩をこぶしで強くこづいた。

「廟はすぐそこなんだからね。いまさらぐだぐだ云ってたって仕方ないでしょ」

メイ・インは小さなあごをくいっとあげ、ほっそりした肩をせいいっぱいいからせて歩きだした。メイ・ウーはこづかれた肩を痛そうにさすりながら、その後をついてゆく。

くねくねと続いてきた細い路地を最後にひとつ曲がると、ぼんやりとした黎明とかすかな朝もやのなかに派手やかな廟が色鮮やかに浮かびあがってきた。あたりには煙たい香と没薬《もつやく》の入りまじった香りが薄ぼんやりとただよっている。そのうしろには静かな池がひろがり、ちゃぷり、と魚がはねる音がときおり聞こえてくる。毎月かならず一度はお参りする二人にとっては馴染みの光景のはずだが、なにしろまだ明けきらぬこの時分に訪れるのははじめてのことだ。だいぶいつもと雰囲気が違ってみえる。

メイ・ウーがメイ・インの腕にしがみついてきた。その手が細かく震えている。その理由がメイ・インにはすぐに判った。なぜなら、彼女もまたこの廟にまつわる昔話を思い出していたからだ。

この廟が建てられたのは、メイ・インとメイ・ウーがまだ物心がついたかどうかというころのことだ。そのころ、タイスを大地震が襲い、西の廓で大きな火事が起こったのだ。西の廓のまわりは、高い塀で囲まれている。むろん、遊女の足抜けを防ぐためだが、そのときにはそれが仇となった。その塀のせいで多くの遊女が逃げ場を失い、その火事に巻きこまれてしまった。そして追いつめられた遊女たちの多くが最後に逃げこんだのが、いま目の前にひろがる池であったのだ。

すさまじい熱を逃れて次々と池へ飛び込んだ遊女たちを、地獄の業火もかくやといわんばかりの炎の舌が容赦なく襲った。遊女たちは雨あられと降りそそぐ火の粉に服を焼かれ、自慢の髪を焼かれ、何人もの男たちを惑わしてきた美しい顔を焼かれ、なまめかしくも乳のように白い手足を焼かれ、そのたおやかな体はみるも無惨にまたたく間に焼けただれていった。熱い、苦しい、助けて、と叫ぶ彼女たちのすさまじい悲鳴は、まるで伝説の魔女サイレンの声のように、廓を囲う高い塀を越えてオロイ湖へと流れ、たまたま湖のうえにあって難を逃れ、呆然として崩れゆく建物を、そして燃えさかる廓を見つめていた船乗りたちを震えさせたという。

遊女たちは耐えきれぬ熱さと激しい痛みにもがき、苦しみ、荒れ狂う煙に巻かれて窒息し、意識を失って水底にむなしく沈んでいった。一昼夜続いた火事がようやくおさまったときには誰ひとり生き残ったものはなく、ただ赤黒く焼け焦げ、もはや誰が誰ともわからなくなった遊女たちの屍《しかばね》が累々《るいるい》と池を埋めつくしていたのだという。

この廟は、それから一年半後に廓が再建されたときに遊女たちを悼み、その魂を鎮めるために建てられたものだ。だから廓のものたちは、この廟を決して粗末にはせぬ。昼どきになれば毎日必ず誰かが参り、花を添え、香を焚き、両手を組んで祈りをささげている。メイ・インたち遊女見習いも、小さなころからこの廟へのお参りを欠かしたことはない。当時、やはりこの廓にあってたまたま難を逃れた遊女たちにとっては、かつての仲間の成仏を願う場所であったが、まだ幼すぎて当時のことをほとんど覚えていないメイ・インたちにとっては、そういうおそろしいことがあったという実感はあまりない。普段はただ、小さなころから教えられたとおりに手を合わせ、意味もよくわからぬヴァーナの聖句をとなえるだけの場所にすぎぬ。

だが――

「――なんだか、ちょっと怖いね」

メイ・ウーの震えた声に、さしも強気のメイ・インも、首を横に振ることはできなかった。いつも訪れる昼下がりの時分であれば、数千ものろうそくがミーレ神の像を明るく照らしだしている格子窓の向こうも、いまは暗い闇に閉ざされてなにも見えぬ。左右に開いた拝礼堂への出入り口も、もやの向こうに黒く怪しげに揺れて、まるで黄泉へと続く洞窟のように深遠な闇だけがぽっかりと浮かんでいる。じっと見ていると、その闇が渦を巻くようにしだいに広がり、まるで自分たちを飲み込んでしまうかのような錯覚にさえとらわれてくる。メイ・インの足の運びが思わず鈍った。

(おまえたちの母は、夜明け前の廟の奥で待っているよ)

そう、確かに魔女は告げたのだが――

「ねえ、メイ・イン。やっぱりやめようよ。怖いよ」

メイ・ウーが震える手でメイ・インの右手を後ろからさかんに引っ張ってくる。だが、それでかえってメイ・インの覚悟が決まった。

「い——いまさらなにを怖じ気づいてるのよ」

メイ・インは自らをも励まし、きっとして妹をにらんだ。

「とにかく、これはあたしたちにとってまたとないチャンスなんだよ。もしかしたらほんとうに母さんに会えるかもしれないし、そうしたら母さんにお願いして、この廓を生まれて初めて出ることだってできるかもしれない。あんた、ずっと廓の外が見てみたいっていっていたじゃない」

「そうだけどお……」

もともと幼いころから暗いところを人いちばい怖がっていたメイ・ウーは、暗闇にしかみえぬ廟のようすにもうすっかり腰がひけてしまっているようだ。メイ・インは軽くいらだち、妹が小さく悲鳴をあげるのもおかまいなく、その手をつかみ直してぐいと強くひいた。

「——いくよ、メイ・ウー。ここまで来たんだから、あたしは行く」

メイ・インは妹をにらみつけていった。

「えー、やだあ。じゃあ、メイ・インひとりでいきなよ。あたしはここで待ってるから」

「だめよ。そうはいかない。必ずふたりで行くように、ってあのおばあさんは云ってたんだから。そうでないと目や耳がだめになるかもしれないって。あんたも聞いてたでしょ。だから、ほら、あんたもいっしょにいくよ」

「えー、やだよお」

ついにべそをかき始めた妹の手をしっかりと握り、メイ・インは震えそうになる膝をはげましながら廟へと向かった。もやの向こうから次第に入口がはっきりとみえてくる。メイ・インはその手前で立ち止まり、おそるおそる中をのぞいた。抵抗していたメイ・ウーも好奇心には勝てないのか、あるいは怖いものみたさなのか、やはりメイ・インの肩ごしに怖々と首を伸ばしている気配がする。その息をうなじに感じながら、メイ・インは奥に向かってそっと声をかけた。

「――誰かいる？」

意外にもいらえはすぐにあった。

（よくきたね、ふたりとも）

洞窟の奥からひびいてくるような――あるいは頭のなかに直接語りかけてくるかのような、そのしわがれ声にはふたりとも聞き覚えがあった。

「――魔女のおばあさん？」

（そうだよ。あたしさ。ほら、こっちに、奥のほうへおいで）

その声とともに、廟の奥に小さな鬼火が浮かぶのがみえた。その青白い炎がゆらゆらと近づいてくる。メイ・インは妹の顔をそっとうかがった。メイ・ウーの瞳の奥には鬼火の炎だけがうつり、ちろちろと怯えるように揺れていた。鬼火は目の前で止まった。魔女の姿は見えぬ。ただひざほどの高さに冷たい不思議なほむらが浮かんでいるだけだ。

（――その鬼火についておいで）

少しかすれた魔女の声が響いてきた。メイ・インはまた妹の顔をちらりとうかがい、不安げな表情を見てとると、その手をしっかりと握りなおし、わざとおおまたで廟の中に踏みいった。するとと鬼火が二人のすぐ目の前をふわふわとわずかに上下しながら奥に向かって移動しはじめた。メイ・インは慌ててそのあとを追い、おそるおそる鬼火に手をかざしてみた。が、ほとんど炎に触るほどに手を近づけても、本来あるべき乾いた熱はまったく感じぬ。むしろ少しじめじめとして、ひんやりとした冷気さえも感じる。少し前についうっかりとさわってしまったなめくじのぬるりとした感触を思い出し、メイ・インはぞっとして手を引っこめた。あたりには眠気を誘うような、没薬の甘やかな煙が立ちこめている。

鬼火のあかりが届く範囲はとても小さく、天井や壁がどうなっているのかはまったくみえぬ。わかるのはただ、鬼火が浮かぶあたりにはどうやらなにも邪魔なものはなく、平らな床が続いている、ということだけだ。魔女の声もそれっきりひびいてはこず、あたりからは何の音もせぬ。薄衣の寝着を通して、冷気がじわじわとしみてくる。メイ・

インはいまにも振り向いて逃げ出しそうになる自分と戦いながら、ただ意地になって無言で歩を進めていた。

(――あれ?)

おかしい、と思ったのは、ほんの一分《タルザン》ほども歩いたころだった。メイ・インはふいに足を止めた。メイ・ウーもすぐうしろであわててたたらを踏み、立ち止まった。すぐ目の前に浮かんでいる鬼火も、メイ・インに合わせるかのようにその動きをとめた。

「ちょっとお、急に立ち止まらないでよ、メイ・イン。危ないじゃないのぉ」

抗議の声をあげた妹の手を、メイ・インは軽くたたいて云った。

「おかしい。おかしいよ、メイ・ウー」

「おかしい?　なにが?」

「廊下がこんなに奥まで続いているわけがない」

「…………」

闇のなかで、メイ・ウーがはっと息をのむ気配がした。

西の廓の廟はそれなりに立派な構えではあるが、それでも幅も奥行も、せいぜい十五タッドほどの大きさにすぎぬ。いかに暗闇ゆえ、ゆっくりと歩を進めてきたとはいえ、とっくに回廊を抜けていなければおかしい。メイ・インもメイ・ウーもなんどもこの廟を訪れているが、こんなに長い回廊を歩いたことなどもちろんない。

「おかしいよ、メイ・ウー」

「——うん」

メイ・インは手さぐりでメイ・ウーを抱きしめた。メイ・ウーもひしと抱きついてきた。その体からかすかなふるえが伝わってくる——否、そのふるえはメイ・イン自身のものであったかもしれぬ。

「——だめだ。ごめん、あんたのいうとおりだった。やめておけばよかった。やっぱり戻ろう、メイ・ウー。急いで」

メイ・インは妹のからだに腕をしっかりとまわし、もと来たほうへとほとんどかけだすように戻りはじめた。

——が、そのとき。

二人のうしろでふわふわと浮いていた鬼火が激しく揺らめく気配がした。メイ・インははっとしてふりかえった。すると鬼火がいっしゅん強い光を放ち、そして音もなく消えた。またたく間にあたりは漆黒の闇につつまれ、二人の視力は完全に奪われた。

「——きゃあああっ！」

ついに少女たちはその場にしゃがみこんでしまった。そのふたりを嘲笑うかのように、どこからともなく、くっくっくっくっ——という不気味な老婆のふくみ声が聞こえてきた。と、次の瞬間、ふいに床が消え失せ、二人の体が宙に浮き——そのままどこへともしれぬ深淵の底へと落下しはじめた！

「いやあああっ！」

メイ・インは絶叫した。あわてて手足をじたばたさせ、体を支えるものはないか、必死で探ってはみるものの、手も足も虚しく空中をかくばかりだ。落ちてゆく体をとめるすべなどもはやなく、ひらひらとした寝着は激しくあおられ、下腹からはまるでなにかがぞわぞわと身内をかけのぼってくるかのようなおぞましい感覚が襲ってくる。

「いやあっ！　助けてえっ！」

いったいどこまで落ちてゆくのだろうか――

あたりは真っ暗でなにも見えぬ。握っていたはずの妹の手もいつの間にか離してしまったようだ。メイ・インのまわりには誰もなく、何もなく、ただ自分の鼓動だけが大きくひびいていた。茫漠とした闇につつまれ、強い風にあおられ――もはや自分が落ちているのか、それとも浮き上がっているのかさえ、少女には判らなくなっていた。

（いやあああ……）

こんなところにこなければよかった――メイ・インの胸に激しく後悔の念が浮かんだ。なぜ、あんな魔女のいうことなどを信じてしまったのだろう。母になど――名も知れぬ遊女の娘である自分が母になど会えるはずがないのに――

メイ・インは涙にかすむ目で周囲をぼんやりと見まわした。その目に――すっかり暗闇になれてしまった瞳に、うっすらと光の帯が見えてきた。

（あれは——）

いつしかメイ・インの周囲には、無数の星々がきらめいていた。その星々のあいだを乳のような白い銀河がつらぬいていた。それはまるで、かつて下女から聞いた夜空のようにみえた。

（それではこれがほんとうの夜空だというのかしら——）

だとしたら、ようやくあたしは星空を見ることができたんだわ——メイ・インはぼんやりとそう思った。なぜ廟にいたはずの自分のまわりに——それもその床にぽかりとあいた穴から落下したはずの自分のまわりに星空が広がっているのか、どうして自分はそのなかをどこへともしれず永遠に落ちつづけているのか、その理由はむろんわからなかったし、そもそもそのことを不思議に思うだけの気力も彼女にはもう残されていなかったのだが。

ついにメイ・インの意識はその星空の闇とかすかな光に溶けるように薄れていった。だがその小さな体は、いつまでもどこまでも、その奇妙な空間のなかを落下しつづけていったのだった。

2

「――それじゃあ、みなさん、ご一緒に。ハイッ！」

吟遊詩人のよく通る澄んだ声が酒場にひびいた。キタラの陽気な音がいちだんと大きくなった。その声と軽快なリズムにあおられ、酒場じゅうの男たちから大合唱がはじまった。

（おれたちゃ陽気なタイスの男、飲んで食って騒いで、また明日、ヘイ！）

ひときわ大きなかけ声とともに、男たちがいっせいに酒つぼを高々と勢いよくかかげた。たばこの煙がたちこめるそのあいだを、酒場女たちがちょこまかとすりぬけるようにあちこちの席へ料理を運んでいる。そんなようすを隅の調理場から見つめていた店の親爺も、思わぬ店の盛りあがりに赤ら顔をほころばせた。そのまわりにはもうもうと湯気がたちこめ、ひたいには、今日もびっしりと汗が浮かんでいる。季節は紫の月から少々めぐり、夏も盛りをだいぶ過ぎたとはいえ、その熱気はまだまだタイスから去るつもりはなさそうだ。

ロイチョイの中心、ラングート広場のわきにあるインラン酒場は、いくつかのテーブルとちょっとした小上がりが設けられているさして広くない店だが、いつも客がひっきりなしに出入りして騒いでいるにぎやかな人気の居酒屋だ。だが、今日のにぎやかさは普段とは比べものにならぬほどすさまじい。陽気な歌声と手拍子、床を踏みならす足音までがやかましくひびき、外を通りかかったものたちが何ごとかとのぞき込んでゆくほどだ。それもこれも、突然にふらりと店に入ってきたひとりの吟遊詩人のせいに他ならぬ。

まだ、若い。二十歳を少し出たくらいにみえる。いかにも長く旅を続ける吟遊詩人らしく、もとは黒かったらしい髪は日に焼けて茶色がかり、顔も赤く日に焼けているが、長めの袖からのぞく腕はかなり白く、なまめかしさを感じさせるほどだ。かなりの美形でもあるし、おそらくはパロあたりの出だろう、と店主はあたりをつけた。

一ザンほど前にふらりと店にやってきて、何曲かやらせてくれないかと云われたときには、いかにもよそからやってきた流れものに、この芸ごとの本場ロイチョイで恥をかかせてやろうかという、ちょいといじわるな気分もあった。が、実際にやらせてみたら、それなりに耳の肥えたタイスの男たちをこれほどまでに盛りあがらせるのだからたいしたものだ。伸びやかな声やキタラの腕もよいが、曲のあいだにちょいちょいとはさむ旅の話もたくみなもので、客も店主もなんども大笑いしたものだ。よくみれば、目もとのあたりの雰囲気はヨウィスの血が混じっていることを感じさせるから、そんな腕の良さの秘密もあるいはそのあたりにあるのかもしれぬ。

男たちの歌声とかけ声は、吟遊詩人が陽気にかきならすキタラの音にあわせて何度も繰り返されていた。とうとう酒場女のひとりが、小さく悲鳴をあげるのもおかまいなしに男たちに引っぱり出され、即席のステージと化した小上がりに押し上げられて踊らされている。こんな小さな酒場の給仕の女でも、タイスであるからそれなりに服装は色っぽい。まだ若い小柄な女の大きく開いた胸もとからあふれる乳が揺れ、スカートのすそから白いはぎやももが艶めかしくのぞくたびに、男たちからはやし立てるような歓声があがっている。もう誰も彼もが音楽と踊りに夢中で、ちょっとした祭りが始まったかのようだ。

さすがにこのままでは収拾がつかなくなりそうだ、と危惧した店主は、男たちをそろそろ鎮めようかと腰を浮かせた。と、その気配を敏感に感じたのだろう。吟遊詩人のキタラのリズムが急にかわり、男たちの拍手を大きくあおると、さいごにひとつ和音を仰々しくかきならして曲をとめた。そのとたん、男たちからひときわ大きな拍手と歓声、口笛があがった。吟遊詩人は三角帽子を脱ぎ、優雅に深々と頭を下げた。拍手がまた大きくなった。

「おみごと！」

「いい腕だなあ、あんた。たいしたもんだ！」

「たのしかったぞ！」

口々にその腕前を褒めたたえる男たちのあいだを、吟遊詩人は愛嬌たっぷりの笑みを浮かべ、礼をのべながらまわった。その手に逆さに持った三角帽子に、たちまちのうちにまわりから大量の銅貨が投げ入れられた。なかには気前よく銀貨までもがまじっているようだ。

男たちの称賛に丁寧に会釈を返し、時には握手まで交わしながらようやくその輪を抜け出した吟遊詩人は、キタラを大事そうにかかえなおすと、帽子にたまった貨幣を腰の巾着《きんちゃく》にうつし、調理場の前にあるカウンターに腰かけて店主ににこりと微笑みかけた。

店主もまた詩人に笑みをかえすと、そのまえにどんと串焼きの盛り合わせを置いた。

「お疲れさん、いいもんを聴かせてもらったよ。おかげでみんなも大盛り上がりだ。ありがとう。ほれ、こいつはわしからのおごりだ」

「わあ、これはありがたい。すっかり腹が減っちまった」

若い吟遊詩人の頬にちらりとえくぼが浮かんだ。

「でも、かえって商売のじゃまをしちまったんじゃない？　みんな騒いでばかりで、あんまり飲み食いしてなかったようだったからさ」

「なあに、そんなことはない。ちょうど忙しい盛りだったからな。わしもちょいと一息いれたいと思っていたところだ。なんといってももう年だからな。こんな具合に休みながらでないと体がもたん。それに、こういうあとはかえって注文が増える。――と、ほら、さっそくきたぞ」

店主があごをしゃくると、吟遊詩人がカウンターのうしろをふりかえった。テーブルでは、まだ興奮冷めやらぬようすの男たちが次々と手をあげて、火酒だ、エールだ、ロイチョイ割りだ、と酒場女に注文を飛ばしている。なかには大声を張りあげて、店主に向かってヒッジと野菜の串焼きだの、蝶々魚のおどり食いだの、焼き生腸詰めだの、チンジェ魚の蒸し焼きだの、と催促しているものもいる。店主はそれに愛想よくこたえると、慣れた手つきで手際よく料理をはじめた。カウンターに向きなおった詩人は、さっそく串焼きをほおばりながらそのようすを面白そうに眺めている。店主は手をせわしなく動かしながら詩人に話しかけた。

「にいさん、あんたは何を飲む？」

「何にしようかな」

詩人はあいかわらず人なつこい笑みを浮かべながら云った。

「さっき、あっちのおっさんが云ってたロイチョイ割りってのはなに？」

「ロイチョイ割りってのはな、はちみつ酒を麦酒で割ったこのへんの名物さ。強いぞ。飲み口がいいからすいすいといってしまいがちだが、気をつけて飲まないと急にひっくりかえる。まあ、にいさんがいける口ならぜひ試してみるといい」

「はちみつ酒を麦酒で割るだって？」

詩人は目をまるくした。

「そりゃあ、ちょっとすごいな。ぼくには無理だ。——そうだな、じゃあ火酒を炭酸水で割ったやつをもらおうかな。薄めにね」

「あいよ」

店主は酒場女に合図をした。ほどなくして、先ほど踊らされていた可愛らしい酒場女が小さな酒つぼをもってきた。カウンターにつぼをそっと置き、ちょっと熱のこもった目つきで詩人を見つめると、いきなりその頭を抱えよせ、その頬に音をたててキスをした。吟遊詩人はさして驚くようすも見せず、にやにやとしながら女を抱きかえし、そのくちびるに長々とキスを返した。

「可愛いね、きみ。名前はなんていうの？」

「ライラよ」

ライラはちらりと流し目を送ってこたえると、詩人の隣に腰かけ、頬にそっと手をはわせた。

「あんた、いい声ねえ。キタラも上手だし。きれいな顔だし。あたし、いっぺんで惚れちまったわ」

「おいおい、ライラ。またお前はそれか」

店主はあきれてため息をついた。

「ちょっと見目のいい旅の人がくると、いつもお前はそれだな」

「いいじゃないのさ、別に」

ライラは鼻の上にちょっとしわをつくり、横目で店主をにらんだ。

「こんなところで酒場の親爺やってるくせに、へんに無粋なのよね、まったく。――ねえ、詩人さん。今夜の宿はきまってるの？」

「うん、まあ、いちおう。波止場の近くにね」

「波止場の近くだって？　けっこう離れているじゃない！　ねえ、それならさあ、今晩はうちにおいでよ。たんまりいいことしてあげるからさあ」

「ええ？　そう？　どうしようかなあ」

にやにやとやにさがり、とうとうライラを膝に乗せ、耳もとに息なぞを吹きかけながら、なかなかに豊満な胸を探りはじめた吟遊詩人に向かって、店主は大きく手を振った。

「やめときな、詩人さん。悪いことはいわねえから。ライラはな、こうみえてこのへんじゃそれなりに人気があるのよ。こいつの誘いに乗ってひょいひょいでかけて、あとでこいつに岡惚れしているやつらから痛い目にあったのも何人もいる。――ほら、さっそくこっちをにらんでいるヤツもいるだろう」

店主は小さくあごをしゃくった。吟遊詩人はふりかえり、店主の言葉が嘘ではないことを確認するると、あわててライラを膝からおろした。ライラはふくれた。

「なによお、ちょっとお」

「いやあ、ごめん。きみのことは可愛くて好きだけど、あらそいごとはぼくはごめんだ」

詩人はすまなそうな笑みをライラに向け、しかたない、とばかりに手を大きくひろげた。ますますむくれたライラを店主はかるくたしなめて云った。

「ほらほら、ライラ、もう行った。あっちでみなさんお待ちかねだ。早く注文を取ってきな」

「まったく、もう。親爺さん、いったい何の権利があってあたしの恋をじゃまするのさ。――詩人さん、あんたもとんだ意気地なしだね、まったく」

ライラはぷんぷんとしながら立ちあがり、乱暴にすそをはらうと店主と詩人をかるくにらみつけてテーブルのほうへ去ろうとした。が、そうしながらもライラが詩人の手にさりげなく触れ、なにかをわたしたのに店主は気づいた。詩人は手のなかをそっと確認すると、意味ありげな視線をちらりとライラに送った。ライラもその視線にかすかな笑みを返した。が、詩人はそれにはもう気づかぬふりで店主をふりかえり、首をすくめてみせた。

「いやいや、物騒だなあ。タイスは快楽の都っていうくらいだから、こういうところで女の子と遊ぶくらい、なんてことないと思ったのに」

「まあ、そうなんだがね」

　店主は笑った。

「確かにタイスってとこは、色恋にはみんなあけっぴろげだ。誰もがその場の気分で好きなようにくっついたり、離れたりしている。だが、こんなところでも人の本性はかわりやしない。惚れりゃあ相手に執着もするし、やきもちも焼く。女をめぐって争いもする。そういうことさね」

「そうだねえ、ほんとうに」

　吟遊詩人はしみじみといい、あらためて串焼きをほおばりながら火酒の炭酸割りに手を伸ばした。

「詩人さんは、どうやらタイスは初めてみたいだね」

「そう」

　吟遊詩人は口をもぐつかせながらうなずいた。

「なんどか近くを通ったことはあったんだけれどもね。やっぱりタイスっていうと芸ごとの本場だから、なんとなく気後れしちまって。だけどここんとこ、もう二ヵ月くらいも田舎のほうばかり歩いていたもんだから、都会が恋しくなっちゃってね。それでちょっと寄ってみようかな、と思って。——親爺さん、もう一杯、同じものをくれる？」

「あいよ」

店主はまた慣れた手つきで火酒を炭酸で割り、詩人にさしだしながら云った。

「食べ物はどうする？　まだ食べるかい？」

「そうだね。——せっかくだから、このへんの名物ってなにかある？」

「生腸詰めなんてどうだい？　こいつを焼いて、このモアの葉で包んで、こっちのピリ辛のヤク・ソースをつけて食べるのがお勧めだ」

「ああ、おいしそうだね。じゃあ、それを」

「あいよ。ちょいと待ちな」

店主は後ろの棚から腸詰めを取り出し、炭火で焼きはじめた。たちまち、じゅうじゅうと脂がしたたり、食欲をそそるなんとも云えぬ匂いがただよいはじめた。吟遊詩人がこくりとつばを飲み込んだのをみて、店主は薄く笑った。

「この店、あんがい兵隊さんが多いんだね。ずいぶんと剣をさげている人がめだつような気がする」

詩人がもの珍しそうに、あらためて店をぐるりと見まわしながら云った。

「ああ、それともあの人たちがタイスの有名な剣闘士なのかな」

「いや、剣闘士じゃないよ。詩人さんのいうとおり、あれは兵隊さんだ。剣闘士は、闘技場の外ではむやみやたらと剣を持ってはいけないことになっているのさ。だから、剣を持っているのは兵隊、それも士官より偉い人たちだと思ってまず間違いない」

「ふーん」

詩人は酒つぼからくぴりとひとくち飲んだ。

「意外だな。タイスってよく《美と快楽の都》とかっていわれるじゃない？　だから、あんまり兵隊さんが多いっていうイメージはなかったんだけれど」

「普段はそうさ。でも、いまはちょいときな臭くてね。ほれ、例のモンゴールとパロの戦がさ――いまんとこ、ありがたいことにあの黒竜戦役とやらにクムは関係してないが、それでもいつとばっちりをくらうかわからないだろ？　特にタイスってのは、場所からいえばモンゴールとパロのあいだにあるわけだしな。それになんといってもここは豊かな街だ。世界中から人が観光にやってくるし、後ろにゃ恵み多きオロイ湖も控えている。だから、前々からモンゴールの強欲な大公に目をつけられているって噂が絶えないところだ。それでクムの大公さまもちょいと警戒して、しばらく前から軍隊を送りこんで常駐させてるってわけさ」

「なるほどねえ。そうか、他の国の戦争でもこの国は関係ありません、ってわけにはなかなかいかないんだね」

「そういうこと。気分のいい話じゃないけどね。――あいよ、おまちどおさん」

店主は焼きあがった腸詰めをカウンターにおいた。

「わあ、ありがとう。これはうまそうだ」

詩人はさっそく店主に教わったように腸詰めを柔らかい葉で巻き、ほおばった。

「――うわあ、これは美味しい。ちょっと嚙んだだけで肉汁がじゅるじゅるあふれてくる。この葉っぱも爽やかで、腸詰めとよく合っているね。さすがはタイス名物っていわれるだけのことはある」

「そうかい。ありがとうよ」

店主はふきんでていねいに両手を拭きながら礼を云った。詩人は嬉しそうに腸詰めにかぶりつき、あっという間に平らげると、ちょっと表情をあらためて店主に尋ねた。

「――ところで親爺さん。モンゴールとパロの戦さっていえば、田舎のほうをまわっているうちに妙な噂を聞いたんだけれど」

「なんだい」

「その……」

詩人はちょっとためらったように見えた。

「その、パロの公爵さま……クリスタル公のナリスさまがさ。このあいだ暗殺されたって聞いたんだけれど――それってほんとうかい？」

「ああ、そうらしいね。ちょっと前まで、この店もそんな話題で持ちきりだったさ。たまにパロのほうをまわってきた行商人なんかが来ると、みんなその話を聞きたがったもんだ」

「そう……ほんとうなんだ……」

「なんだか、馬鹿げた話だわな。まあ、聞いた話だからどこまで本当だかは知らんが、なんでも、モンゴールの公女——あのいけすかないアムネリスとナリス公の婚礼の席にひそんでいた頭のおかしなならず者が、いきなり飛び出してきて公爵さまを刺したんだとか。もっとも、それもあやしいもんだがね。あんな大事な、それこそ厳重に警戒されているだろう席にそんなならず者が入りこんでるってのも妙な話だ。だからこのへんじゃあもっぱら、はなからモンゴールは公爵さまを暗殺するつもりだったんだろうっていう噂だよ」

「…………」

「ひどい毒を使われたとかで、遺体はぐじゅぐじゅに崩れて、さいごにはもう誰だかもわからないようになっちまったんだってね。話によると殺されたナリス公ってのは、男にしとくにはもったいないほどのたいそうな美男子だったというじゃないか。そんなひとが悲惨な死にかたをしたもんだから、パロのひとはずいぶんと嘆きかなしんで、国ぜんたいがまた喪に服しちまったような感じだとか」

「ああ」

詩人は酒つぼに顔をうずめた。

「いやな話だね。──で、そのならず者ってのは、どうなったの？」

「さあな。そこまではわしもしらん」

店主は肩をすくめた。

「まあ、いずれにしてもどれもモンゴール側の言い分だし、酒場の噂にすぎんからな。さっきもいったが、どこまで本当の話なんだかどうだか知れたもんじゃない。──とはいえ、こればっかりはおあいこってもんかもしれないけどな」

「え？」

「いやあほら、なんていうか、これがこの話のおそろしいところだとわしなんかは思うんだがね」

店主はわきの水がめからひしゃくで水をくみ、ぐいっと飲み干すと、また忙しく手を動かしながら話を続けた。

「その公爵さまが殺されたちょうど同じ日にさ、モンゴールのトーラスじゃあ、あの黒サソリ──ヴラド大公の息子の、ほれ、名前はなんていったか……そう、ミアイルとかって公子が暗殺されたっていうじゃないか」

詩人の動きが一瞬とまり、顔がかすかにひきつった。が、かまどの火かげんに気を取られていた店主は、それに気づかなかった。

「あっちのほうはまだ犯人が捕まっていなくてさ。モンゴールじゃあ、必死にそいつの行方を捜しているらしいが――まあ、おおかたキタイの暗殺者か、それとも魔道師か、いずれにしてもパロが送りこんだ刺客のしわざだろうというもっぱらの噂だがね。いやいや、パロもモンゴールも、考えることもやってることもあんがい同じなのかもしれんな。――っと、詩人さん、どうした」

店主はようやく詩人のようすがおかしいのに気づき、声をかけた。詩人ははっとしたようだった。

「いや、別になんでもないよ」

云いながら詩人は、やや青ざめた顔に笑みを浮かべた。

「ただ……そうだね。親爺さんのいうとおりだな、と思ってさ。――おそろしい話だよね、ほんとうに……なんでそうやって、ひとは殺しあうのかな……」

詩人は、なんとなく沈んでしまったようだった。店主はそんな詩人をじっと見つめた。

「――あんた、パロの人なんだね？」

店主はさりげなくきいた。詩人が目をまるくした。

「なんで判るの？」

いぶかしげな詩人に、店主は得たりとばかりにこたえた。

「そりゃあ、判るさ。ここタイスは世界中から観光客がやってくる土地柄だ。パロ、ユラニア、ケイロニア、モンゴール、時には沿海州やキタイからだって人が来るんだ。ずっと見ていれば、顔つきやらなまりやら、そんなものでたいがいは判る。特についこのあいだまでは、有名な水神祭りでおおぜいの人がやってきていたからな。もっとも、そんときでもパロの人は、詩人さんみたいな旅の人以外はあんまり見かけなかったが。まあ、無理もないわな。モンゴールの野蛮人どもにあんな目にあわされちまったんじゃあ――っと、こりゃあいかん」

店主は、吟遊詩人の表情にまた微妙に影がさしたのをみて慌てて取りなした。

「すまんね、詩人さん。こんなことをパロ生まれの人にいっちゃあいけねえな。ほんとにすまねえ。つい気が利かなくってヘンなことくちばしっちまった。かんにんな、詩人さん」

「いやあ、かまわないよ。親爺さん」

詩人は小さく首を振り、酒つぼを手のなかでまわしながらつぶやくようにいった。

「ぼくはもう、ずいぶんと前に故郷を捨てたからね。パロがふるさとだっていっても、父も母もとうに亡くなったし……たったひとりの兄も……だから、もうあまり実感もないし、ぼくには関係ないさ。パロがどんな目にあおうが……公爵さまが亡くなろうが……」

「…………」

店主の胸のうちに、吟遊詩人への同情がふいにわいた。店主は料理の手をとめ、カウンターごしに詩人の肩をかるくぽんぽんと叩いた。吟遊詩人はびくっとしたが、すぐにうっすらと笑みを浮かべ、感謝するように店主に軽く頭を下げた。

「ま、とにかくぼくには関係ないのさ。パロのことなんか。どうでもいいんだ、そんなこと」

3

詩人は酒をぐいとあおった。

「そんなぶっそうな話はもうやめだ。そんなことよりさ、ねえ、親爺さん」

「なんだい」

「せっかくタイスに来たからにはさ、いろいろと遊んでみたいんだけれど、おすすめはあるかい？　特にこのあたりでさ」

「おっと、きなさったね。そうそう、せっかくタイスに来たんだから、そうこなくちゃあな」

店主は、他の客から受けた注文の品を酒場女に手渡しながら云った。

「まあ、タイスにはありとあらゆる遊びがあるが、なかでも盛んなのは、一に遊廓、二に剣闘、三に博打《ばくち》、四に芸ごと、歌舞音曲ってところだわな。――といっても、芸ごとは詩人さんは見るほうじゃなくて出るほうだろうがね。ただ、もしこのへんで人気の芸を観てみたいなら、ロイチョイ仲通り沿いの女神劇場に行くといい。ほれ、ここに来るまでの道筋できっと見かけているはずだよ。赤と金でごてごてと飾りたてた、いかにもタイスらしい大きな劇場だから」

「ああ、うん。あった、あった。確かに。外まで人があふれていて、すごいなあ、と思いながらきたよ」

「そうかい。ま、女神劇場を観るもいいし、詩人さんなら舞台にあげてもらえないか頼んでみるのもいいかもしれんな。そのくらい、詩人さんのキタラと歌は大したもんだから」

「いやあ、それほどでもないよ」

といいながらも、吟遊詩人はまんざらでもなさそうだった。

「それにあんまり、そういう多くの人目が集まるようなところは好きじゃなくてね。それでここんとこ田舎ばかりをまわってたってところもあるし」

詩人から先ほどの沈んだようすが薄らぎ、酒場を盛りあげていたときの陽気な雰囲気が戻ってきた。店主は少し安堵した。

「そうかい。それはちょいともったいないような気がするがなあ――まあ、とにかく芸ごとなら女神劇場がいちばんだ。それを覚えておくといい」

「うん、わかった」

「それ以外でこのロイチョイで遊べるとなると、遊廓に博打ってことになる。剣闘もロイチョイでみられないことはないが、あまり本格的なものじゃない。剣闘を見たいならロイチョイを出て、タイスの真ん中にある大闘技場に行くといい。もっとも、ついこのあいだに大闘技会が終わったばかりだから、この時期に組まれる試合はあまりたいしたものじゃないんだがね」

「ああ、せっかくだけど、ぼくは剣闘はいいや。そういう血を見るようなのはあんまり性に合わないから」

詩人は手を小さく振った。

「おやおや。そいつはもったいないね」

店主は苦笑した。

「まあ、詩人さんはそうかもな。見るからにそんな感じだ――となると、遊廓か、博打だな。これはどちらもロイチョイがもっとも得意とするところだ。遊廓にはとにかく世界でいちばん綺麗な遊女たちがそろっている。金のことさえ考えなけりゃあ、好みの娘を選びほうだいだ。もし詩人さんが男のほうが好きなら、筋骨りゅうりゅうのごついのにしろ、なよなよした柳腰のにしろ、それもお好みしだいだ。博打もおなじみのホイ賭博から、ロイチョイ名物のカラスコ賭博、沿海州のドライドン賭博、ユラニアの十二神カード賭博、これまたなんでもよりどりみどりだ」

「へえ……。カラスコ賭博ってのは、あれかな？　あの、ふたの付いた丸鍋みたいなのに玉を入れてまわすやつ」

「そう、そいつだ。それで玉が出てくる色を当てるってやつだ。よく知ってるね」

「さっきね、ここにくる途中でちらっとみかけたんだ。なんだか変わった博打だったから、しばらくどんなものかと眺めていたんだよ。——それでね」

詩人はにやりとした。

「どうやらぼくは必勝法をみつけちゃったみたいだよ。カラスコ賭博の」

「なんだって？」

となりで飲んでいた酔客が、耳ざとく話に割りこんできた。

「必勝法だと？　ってことは、ずいぶん儲けたのかい」

「いやいや」

詩人は苦笑しながら手を振った。

「ぼくは博打はやらないのさ。母さん——というか、恩人のおばさんのいいつけでね」

「なんともったいない！」

酔客は叫び、詩人にぐいと顔を寄せた。

「なあ、詩人さん。だったら、そいつを俺に教えてくれよ。どんな方法だい。なあ、頼むよ」

「それは無理だよ」

詩人は笑って首を振った。

「必勝法っていっても、誰にでもできるってもんじゃないからね。たぶん――そうだな、ぼくみたいな吟遊詩人ならできるかもしれない。でも、そんじょそこらの詩人じゃ無理だろうけれど」

「詩人ならできるかも、だと――？」

酔客が首をひねった。

「詩人とカラスコ賭博と、何の関係があるんだい。なあ、教えてくれよ、ヒントだけでもいいからさあ」

「いやあ、でも、それは……」

困ったように笑っている詩人を見て、店主は助け船を出した。

「おいおい、チャンよ。あんまり人を困らせるもんじゃないよ。だいたい、博打の必勝法なんてもんは、人に教えたら必勝法じゃなくなっちまうだろ。賭け事ってのは、負けるヤツがいるからこそ、勝つヤツがいるんだから。逆にいえば、人に教えられるような必勝法なら、そいつは必勝法じゃないってことだ。そもそも詩人さんにしかできないってんだから、あきらめな」

「――そうかい？　そうかなあ……そういわれてみれば、そうかもしれないが……」

酔客はぶつぶつといいながら、自分の酒に戻っていった。店主は苦笑した。

「しかし、博打はやらん、剣闘は好かん、となると、やっぱり遊女かね」

「あはは、そういうことになるかな」

詩人はにやりとした。

「で、ロイチョイのどのへんにいけばいいのかな。可愛い遊女と遊ぶには」

「そうさなあ。まあ、まずは、ロイチョイのしくみから教えておこうか」

店主はひとつ咳払いをした。

「いいかい。ロイチョイには、大きく分けて三つの廓がある。ひとつはいちばん大きな西の廓だ。五百タッド四方もある広々とした遊廓でな。全体がぐるりと高い塀に囲まれていて、外から見るとまるでひとつの大きな建物のようにもみえる。その半分はオロイ湖にはみ出していて、出島みたいになっているんだ。こいつはもう五百年から続いている由緒ある遊廓で、クムの大公さまから公認をいただいている数少ない遊廓のひとつだ。他の国ではサリア遊廓なんて呼ばれているらしい。聞いたことはあるだろう？」

「ああ、うん。もちろん。世界でいちばん大きな遊廓だって」

「そうよ」

店主はうなずいた。

「大公さま公認というだけあって、遊女も最高の美女ばかりだ。治安もそれほど悪くない。妓楼が協定を結んで組合《ギルド》を作っていて、しっかりした自警団がある。もっとも、ここんとこちょいと不気味な神隠しめいたかどわかしが続いてるって噂も流れているのが、ちと気になるところだが」

「神隠し？」

「ああ。あくまで噂だが、あちこちいろんなとこからしつこく、同じ噂が流れてくるからね。どうもふた月ほど前から、遊女見習《イェリャン》いが何人か続けざまに姿を消しているというんだな。最初は双児のイェリャンがいっぺんにいなくなって、それから何日かおきに、もうかれこれ十人ほども行方知れずになっていると聞いたがね——なんでも、前の晩まではたしかに妓楼にいたのに、次の朝になるとなぜかいなくなっていたっていうんだから不思議な話だ。西の廓ってところは足抜けだのそういったことはことのほか厳しく取り締まっているところだから、いったいどうやって、どこに姿を消したのか、廓の連中は頭を悩ませているらしい。なにしろイェリャンは廓にとっちゃあ金の卵だから、必死なのだろうよ。なかには廓のなかにある廟のたたりじゃないか、なんて話もある」

「へえ、廓に廟なんかがあるんだ」

「ああ。何年か前の大地震で火事が出て、大勢の遊女が亡くなったんだが、その魂を鎮めるために建てられた廟があるのさ」

「ふーん……」

「まあ、たたりなんて話もむろん戯れ言にすぎないし、いずれにしても妓楼の内輪のことだ。わしら客には関係ない。とにかく、出かけていって遊ぶぶんにはなにも問題はない。みんな気にせずに楽しく遊んでいるよ。なにせ廓への出入りときたら、御用業者用の運河をのぞけば、堀にかかった橋向こうの大門しかない。怪しい奴はそこのわきにある番所でぜんぶはねられるから、わりと安心して遊ぶことができる。そのかわりちょいと値は張るし、いろいろしちめんどくさいしきたりなんかがあったりするんだがね。とはいっても、ちゃんと店を選べば、そこそこの値でそれなりに気楽に遊ぶこともできるよ。まあ、蓮華楼のジャスミン・リーだの、アイノ遊廓のミレーユだの、そんな有名な最高遊女《ハオターリャン》までいっちまうと、俺たちのような庶民にとっちゃあ高嶺の花で、たまたまの道中で顔を拝めるだけでよし、ってなもんだが。まあ、ロイチョイ初心者の詩人さんみたいな人にとっては、西の廓がいちばんのお勧めだろうな」

「ふうん」

「もし詩人さんが、それこそ女神劇場なんかで大当たりを取って、がっぽりと稼ぐことができたら、ぜひその蓮華楼か、アイノ遊廓に行ってみるといい。ジャスミンだのミレーユだのとしっぽり、ってのは無理かもしれんが、その他にもあそこには見たこともないような綺麗どころが山ほど揃っているからね。それに凄いのは遊女が綺麗だってことだけじゃない。食事も酒も、どれも世界中から珍しいのを取り揃えてるときたもんだ。まるでオロイ湖の底深くにあるという、エイサーヌー神の宮殿のようだともいうよ。あまりに居心地がいいものだから、うっかりするとすぐに一旬ほども居つづけちまう。それですっかり身上《しんしょう》なくしちまった貴族や商人も多いって話だ。ま、このどちらかに上がれりゃあ、男としちゃあ生涯の夢を果たしたってことにはなるわな」

「おっと、でも、そいつは気をつけないと」

詩人はにやりと笑った。

「せっかく稼いでも、それをぜんぶ注ぎこんじまったんじゃ元も子もない」

「まったくだ」

店主はうなずいた。

「西の廓よりももっと安く、気軽に遊びたいなら、東の廓だな。こっちは実はまだできて間もないところだ。その大地震のとき、商売ができなくなった西の廓の代わりに、と――まあ、いってしまえば少々どさくさまぎれにできあがったのが東の廓だ。もともと廓のようなものがあるにはあったんだが、どちらかというと出会茶屋やあいまい宿みたいなのが多くてね。遊女もあまりいなかったんだが、それ以来いっきに数が増えて、いまの東の廓になった。当然、公認ではないし、なにしろできた経緯がそんなだから、西の廓と違って割と小さな妓楼がごちゃごちゃと雑にならんでいて、ちょっと小昏い感じもある。遊女の質も、西に比べるとだいぶ落ちる。でも、とにかく安く遊べるし、表通りからちょいと裏のほうに入っていけば、闇で御法度めいた遊びもできるなんて噂もある。まあ、あくまで噂だがね。——ともあれ、そういういかがわしさが、かえってそれなりに受けてるところだよ」

「御法度めいた、ってのは？」

「まあ、そうだな。——よくささやかれているところでは、例えばまだ胸もふくらんでいないようなうんと若い娘と床入りするとか、ひとりでおおぜいをはべらせるとか、逆におおぜいでひとりをいたぶるとか、相手を縛ったり叩いたりして痛めつけるのとか、逆にわざと自分を痛めつけさせたりするのとか、まあそんな変態じみた遊びのことだ。むろん、なかには口にするのもはばかられるような遊びもあるし、そんなものほど金もかかるらしい。わしなんかはそんなめちゃくちゃな遊びのどこがいいんだか判らんが、世の中にはいろんなやつがいるからな」

「うわっ、ぼくもそういうのはごめんだ」

吟遊詩人は顔をしかめた。店主はそうだろう、と小さくうなずいた。

「それに、詩人さんみたいな見た目のいい男が下手にまぎれ込むと、注意しないとだまされて、タイス名物の緑阿片をもられて男娼にしたてあげられちまうかもしれん。ま、そのくらいやばい感じのあるところだ。東の廓ってのはな。初めてのひとが遊ぶにはちょいと勇気がいるかもしれん」

「うへえ」

詩人は口をゆがめて首をふった。

「それはちょっと、ぼくは遠慮しておいたほうがよさそうだね」

「ま、そうさな。わしもそう思うよ」

店主は笑った。

「で、もうひとつの南の廓は、これは賭場が中心の廓だ。むろん妓楼やあいまい宿もそれなりにあるが、これはおまけみたいなもんだ。賭場で稼いで興奮したヤツがいきおいであがるようなところで、はなから女を目当てに南の廓にいくやつはほとんどいない。もし気が変わって博打をやってみようか、って気になったら、行ってみるといいよ。ただ、気をつけなくちゃならんのは、ここから南の廓に行くにはサール通りを通らなくちゃいけないってことだ」

「サール通り？」

「そう。サールってのは、クムの裏門の神、男色をつかさどる神でね。つまりサール通りってのは男娼窟なのさ。だから、詩人さんがそっちのほうが好きだというなら別に問題はないが、そうでないならちょいと気をつけたほうがいい。詩人さんは、サール通りの男娼どもには絶対にもてるに違いないからさ。下手するとあいつらにむりやり引っ張りあげられて、遊ばれちまうかもしれん」

「ううっ」

吟遊詩人はちょっと身を震わせて、奇妙な声をもらした。

「男かあ。まあ、そっちのほうも嫌いなわけじゃないけど……やっぱりぼくは女の子のほうが好きだなあ。やわらかいし、あったかいし、すべすべだし、いい匂いがするし。それに遊ぶのはともかく、遊ばれるのはちょっとね」

「そうかい。まあ、そうだろうね」

「うん。――ということは、親爺さんとしては、西の廓がおすすめってことなのかな」

「ああ。特にタイスが初めてというのなら、まずは西の廓だろう」

店主は他の客からの注文にこたえながら続けた。

「西の廓は、とにかくタイスらしいところだ。きらびやかで、豪華で、それでいてみだらでね。提灯やら篝火《かがりび》やらがずらりと並んでいるから、廓の仲通りなんかは夜でも昼みたいに明るい。季節によっちゃあ、そのときを盛りの花の木を通りのまんなかに植えて即席の並木を作りだしたりもする。そんななかを歩きながら廓をのぞいて客待ちの遊女の顔を眺めているだけでも、けっこう楽しいもんだ。わしもたまにいくよ。のぞくだけならただだからね。これぞ目の保養ってもんだ。特にジャスミンの道中なんかに出くわそうものなら、それだけで、ああ、今日はいい一日だったな、と思っちまうね」

「へえ、そんなに綺麗なんだ、そのジャスミンって遊女は」

「そりゃそうよ！」

さっきの酔客がまた割り込んできた。

「クムにゃあ、きれえな女は山ほどいるが、ジャスミン・リーほどきれえなのはなかなかいねえ。このあいだの水神祭りでもタイス一の美女に選ばれたばかりだしよ。とにかくまあ、きれえだ。いつでも微笑んでいて、色っぽくて、それでいて気高くて。思わずおがみたくなっちまう。ありゃあ、女神だ。ミロクの菩薩さまだ」

「そいつはどうかね。やさしげだが、ほんとうは獰猛でおっかない魔女みてえな女だ、ってひともいるがね。おそろしく鼻っ柱が強くて、少しでも気に入らねえ客とは絶対に床に入らねえって聞くし。それでいて、いったん入っちまえば床はべらぼうに上手で、ずいぶんと大勢の貴族やら商人やらを骨抜きにして、財産を根こそぎ奪っちまったとか」

　別の酔客がちゃちゃをいれた。先の酔客が憤然として云った。

「そいつは貴族やら商人やらのほうが悪いのさ。勝手にジャスミンに入れ込んで、勝手に溺れたんだからな。ジャスミンは別に脅したわけでもなんでもねえ。ただ、まっとうにおあしをいただいて、それだけの夢を見せてやったってことなんだからよ」

「まあ、そりゃあそうかもしれんがね」

「そうよ。――とにかく、俺たち貧乏人には関係ねえ話さ。見てるぶんには、この世のものとは思えねえくれえのきれいな女神さ。いつもヨウィスの民のかっこをしているんだが、それがまた色っぽくてよお」

「へえ」

吟遊詩人は驚いたようだった。ヨウィスとは流浪の民である。

「ジャスミンてのは、ヨウィスなんだ。ここにはヨウィスの遊女もいるの」

「ああ、ヨウィスどころか、パロもキタイも、ケイロニアもユラニアもモンゴールも、ありとあらゆるところの遊女がいるよ」

店主がまた話を引き取った。

「なかには紅毛碧眼の大きなタルーアン女とか、炭のように肌の黒いランダーギア女もいる。少ないがね。ヨウィスもいまじゃあジャスミンくらいしかいないな。しばらく前までは何人か、ヨウィスを気取った遊女もいたもんだが、ジャスミンが現われてからはみんなヨウィスの格好をするのをやめちまった。勝負にならないからね、ジャスミンとでは。それに、もともと本物のヨウィスじゃないやつらがほとんどだったしな」

「ふうん。じゃあ、ジャスミンは本物ってこと」

「という噂だし、わしの見たてでも、あれはほんものだと思うね。少なくともその血を引いていることは確かだ。肌といい、顔だちといい、間違いないな」

「へえ。ぼくといっしょだな」

「おや、詩人さんもかい」

「うん。まあ、少し血が流れているってだけだけどね。母さんがヨウィスの血をひくひとだったから」

「ほお。そうかい」

店主はうなずいた。

「やっぱりねえ。なんとなくそうかなあとは思ったんだけれどもね。道理でキタラも歌も上手いはずだ。それもあんたの母さんに習ったのかい？」

「歌は、まあそうかも。キタラも最初はそうかな。ただ――」

吟遊詩人は少し口ごもった。

「母さんはぼくがまだ小さいときに死んでしまったからね。キタラを本格的に教えてくれたのは別のひとだった――そう、ヨウィスに習ったこともあるよ。というか、ぼくが吟遊詩人になりたいとはじめて本気で思ったのは、そのヨウィスの男にキタラを教えてもらったときだったな……もうずいぶんと昔の話だけど」

「そうかい。じゃあ、それが詩人さんにとっての運命ってやつだったわけだ」

「――そうだね。そうだったかもしれない」

詩人はちょっとためらいがちにうなずいた。

「でも、そうか、そう聞くとなんだか、そのジャスミンって遊女に会ってみたいような気もするな」

「会えるさ。しばらく西の廓に通ってごらん。むろん、床入りするってのはちょっと無理だが、たまの道中を眺めるくらいのことはそう難しいことじゃない。行ってごらんよ。運がよければ今日にだって顔くらいはおがめるさ。それにジャスミンの他にも綺麗な遊女はいっぱいいるよ。なにしろ世界一の遊廓なんだから。せっかくロイチョイまできたことだし、詩人さんも男なんだから。遊んでいきな。それも話の種ってものだろ」

「そうだね」

詩人はまた人なつこい笑みを浮かべた。店主もにっと笑いかけた。

「ありがとう、親爺さん。じゃあ、そうだな。とりあえず、お勧めの西の廓にいってみようかな。そのタイス一という美女を目当てにね」

詩人は酒つぼに残った酒をいっきにあおると、袖口で口をぬぐい、腰の巾着をひっぱりだした。

「ああ、美味しかった。ごちそうさん。いくら?」

「えっと、あわせて四十ターだな」

「おっと、安いね」

吟遊詩人は十ター銅貨を四枚カウンターに置き、ちょっと考えてもう二枚銅貨を追加した。

「ほんとにおいしかった。それにいろいろ教えてくれてありがとう」

「なあに」

店主はにこにこしながら銅貨をつまみあげた。

「ぜひ、また来て、キタラと歌をきかせてくんな」

「うん、またよるよ」

吟遊詩人は軽く帽子をかかげ、小さく手を振って席を立った。店をでるときにちょうど側を通りかかったライラの尻をいたずらっぽくひょいと撫で、小さな悲鳴をあげさせている。ライラもまんざらではないのか、またね、などと手を振ったりしている。あの娘も可愛い顔をして、つくづく男好きなやつだ――と店主は心のうちで苦笑した。

むろん、酒場の喧噪はまだ続いている。調理場の煙とたばこの煙が混じりあってもうもうと立ちこめ、酒場女たちが店じゅうを慌ただしく行き来し、注文の声がひっきりなしにとんでいる。客の出入りが途絶える気配もない。このロイチョイに店をかまえてもう二十年になる店主には、今日もこれからまだまだ長い夜が待っているようだった。

第二話　蓮華楼の遊女

1

というわけで――

吟遊詩人のマリウスは、はじめてロイチョイの西の廓に足を踏み入れたのだった。

心地よい夜である。ほろ酔いでほてった頰を風がやさしくなで、少しだけ熱をうばってゆく。ことしも猛暑をきわめた黄の月がまもなく過ぎようとし、夜に吹く風もだいぶ涼しくなってきた。ことに夕方に過ぎていった通り雨が、昼ひなかのうんざりするような熱気をだいぶ和らげてくれたようだ。適度に湿った通りには埃《ほこり》もたたず、かといって泥がはねるでもなく、実に歩きやすい。

ほどなく茶の月をむかえれば、夏の少しよどんだような空気も一気に澄みわたり、さわやかな秋がやってくるはずだ。そうなれば、夜には運河にたくさんの船《イリス》――グーバやグバーノが浮かび、ひとびとが波に揺られながら、冴えわたる白銀の月を眺めて酒を酌みかわす、そんな光景があちらこちらでみられるようになる。タイスの大商人や貴族ともなれば、巨大なグーバックを飾りたててオロイ湖にまで繰りだし、きれいどころをおおぜい招いてひと晩じゅうおおいに騒いで過ごしたりもする。そしてこの西の廓でも、夜には窓をすべて開けはなち、遊女と客とがいちゃいちゃと肩を寄せあいながら、月光のもとで一夜かぎりの愛を語りあう、そんな一年でもっとも風流な季節がまもなくやってくるのだ。

今夜は折悪しく月も大きく欠け、中空からかぼそい光をなげかけているだけだが、そのかわりにまんまるな月を模した大きなちょうちんがあちらこちらの妓楼の店先にかかげられ、これぱかりはどの季節もかわらぬ脂粉と香の淫らな匂いとあいまって、西の廓ならではの独特の雰囲気を醸しだしていた。もちろん、籬からは何人もの遊女たちが通りに向かってしなをつくっては手招きをし、それに大勢の男たちが舌なめずりして食いついているのもいつものことだ。

だが——

(やっぱり……)

マリウスはため息をついた。

(今夜はなんだか気分が乗らないや)

そもそもが女好きを自認するマリウスである。といっても、そんなに女を抱くことが好きというわけではなく、どちらかというといちゃいちゃと口を吸いあったり、そのすべらかであたたかな素肌からじかに伝わってくるぬくもりを楽しんだり、たゆんとした豊かな乳房のやわらかさを味わったりしながら、たわいもないむつみごとをささやきあう、そういう恋慕ごとのほうが好きなたちだ。だから、もともとこういう遊廓にはそれほど積極的にたちいることはなく、さっきの酒場の娘のような、ちょっと素人っぽい娘と遊んでいることのほうが多い。

　とはいえ、普段であればそれはそれと割り切って、一晩をひとり寝で過ごすよりはましとばかりに、こうした遊廓でも気立ての良さそうな好みの遊女をみつくろって、それなりに楽しく過ごしてしまうものだ。しかし、今夜ばかりはどうしてもそのような気にはなれなかった。通りの両側からは、マリウスの見目の良さにめざとく目をつけたらしい遊女がさかんに声をかけてくるが、それも今日はどうにも煩わしくてしかたがない。それはむろん、先ほどの居酒屋の店主から聞いた話が頭から離れなかったからだ。

（それでは兄さんが……ナリスが死んだという噂はほんとうだったのか――）

（でも、あの聡明なナリスが、そんなにあっさり殺されてしまうなどということがあるのだろうか――？）

（とても信じられないけれど、でも……）

　マリウスの胸のうちを、兄の死の噂を巡る疑念が消えることなくもやもやと渦巻いていた。

ナリスが死んだらしい――それもモンゴール公女アムネリスとの婚礼の席で暗殺されたらしい、という噂を聞いたのは、ボア山脈のふもとの小さな村ラナでのことだった。

祖国パロの、というよりも兄ナリスの密偵としてモンゴールの首都トーラスに潜伏していたとき、兄の非情な命令により、マリウスが実の弟のように心通わせた敵国の公子ミアイルの命を奪われた。そればかりか心ならずもその叔父ユナス伯を実際にその手にかけてしまい、さらにはミアイルの暗殺者としての汚名までをも着せられてしまった。自らの意志など一顧だにされずに起こってしまったその悲劇に耐えられず、マリウスは再び祖国と兄を捨てた。それは十七歳のとき、兄の期待にこたえられぬ自分に絶望し、宮廷での窮屈な暮らしに耐えかね、ただその苦痛から逃れんがためにパロの首都クリスタルを身ひとつで飛び出して以来のことだった。

幸いにも彼の無実を信じてくれたトーラスの親切な居酒屋の店主夫婦にも助けられ、マリウスは厳戒の首都を無事に脱出した。そしてそのまま西へ向かい、なだらかなユラ山脈の細い山道を抜けてユラニアに入ると、けっして都会へは近づこうとはせずに、山沿いに点々とつらなる小さな村々をあてもなくふらふらとさまよっていたのだった。それはむろん、暗殺者として彼の行方を必死に追っているであろうモンゴールの手を逃れるためでもあった。だが、それ以上に兄を――瀟洒にして繊細、典雅で洗練されたパロ文化の申し子のようなアルド・ナリスを思い出さずにすむように、そうした特質とは正反対の素朴さや野暮ったさ、開けっぴろげな素直さにあふれた農村の空気にひたっていたかった、ということのほうが大きかったかもしれぬ。

それにそんな村の娘たちにマリウスの端整な顔立ちと美声は実に良くもてた。それもまた、いつでも女たちと愛や恋を語っていたい彼にとっては思わぬ余録だった。そのおかげで金にも食事にも一夜の宿にも、そして閨の相手にも、彼はほとんど不自由することがなかったのである。妙な化粧っ気もなく、おおらかで素直な娘たちの肌の温もりや柔らかさに包まれて夜を過ごすたび、やっぱりこんな暮らしがぼくにはあっているのだなあ、などとマリウスは思い、彼らを淡く照らすイリスのほのかな光のしたでひとりにやついていたものだった。

そんなある夜、村はずれの小さな廟でこっそりと逢い引きしていた娘から、マリウスはナリスが暗殺されたという話を耳にしたのだ。

（ユマ、それはほんとうかい？）

思わず声が大きくなったマリウスにちょっと驚いた顔を見せながら、日に干したロザリアのような匂いのするふっくらとした若い娘はこたえたのだった。

（ほんとうかどうかは判らないけれど、このあいだうちによっていった薬売りのおじさんがそんなことをいっていたわ）

（どうやって殺されたんだって？）

（さあ……あまりくわしくは話してくれなかったし、それにおじさんもそんなによくは知らないようだった。ただ、クリスタルの都はすっかりひっそりしてしまって、パロのひとたちも元気がなくなってしまって、モンゴールの兵隊ばかりが威張って歩きまわってるんだって。薬を仕入れるにも兵隊がいちいちあれこれ聞いてくるし、商売しにくくてしょうがない、ってすごくぼやいてた）

（ふーん……）

それでマリウスは、鼻を鳴らして甘えてくる娘とそそくさとことをすませると、朝を待たずに村を出て、もっと詳しい情報を求めて都会へ——このへんでは最大の都市タイスへと向かったのである。

とはいえ——

（あわててこんなところに噂を確かめに来ちまったけれど）

マリウスはそっとため息をついた。

（いくら大都市とはいえ、戦とは関係ない異国のタイスでは真相を確かめようもない、か……もし、ほんとうに確かめるなら……）

やはり、またクリスタルに戻るしかない。が、むろん、いまさらそんなことができようはずもない。

たかが兄の手下《てか》の魔道士ごときに対してとはいえ、あれだけの大見得を切って縁を切ったばかりの祖国である。それも二度目の出奔となれば、いまさらおめおめと帰れるはずもないし、むろん帰る気になどとうていなれない。モンゴールでは兄のつまらぬ陰謀のせいでお尋ねものの身であるし、パロとモンゴールの戦に関してはもはやマリウスが関わる余地などないといっていい。だいたい、あれだけ自分の気持ちをなんども踏みにじり、深い傷を負わせてきた兄のことなど、もうどうでもいいではないか、と思うのだが――

（まったく、ぼくもつくづくばかだな……）

いつまで兄ナリスの幻影に――パロ聖王家という亡霊にとらわれていなければならないのだろう。

（パロの王子としてなんか、まともに扱われたことなど一度もないのに）

（ぼくはしょせんお荷物で、ただの道具で――）

（ぼくのことを一人の人間として見てくれたひとなど聖王家には誰もいなかったのに……）

自分がほんとうに幸せだったのは、八歳のときに父と母を亡くすまでのほんの短い間だったのだ。それからの兄との暮らしは、そのころは悪いものではないと思っていたが、いまにして思えば、常にどこかにやりきれない違和感を覚えていたものだ。結局はそれは、兄と自分との資質があまりにも違いすぎた、ということだったのだろう。

だが、その兄は自分にとって最後の肉親であったことも間違いない。それがもし死んだのだということであれば、自分はついに天涯孤独になったということだ。

（つくづく、ぼくは肉親の縁の薄い人間なんだな……）

（父と母を亡くし、兄には裏切られ――その兄もどうやら亡くなり……）

（ぼくを愛してくれた人などいたのだろうか？　いたのだとすれば、それは……）

マリウスはふところに手をやり、いつも肌身離さずぶらさげているペンダントをぐっと握りしめた。

（エリサ母さま……）

そのペンダントのうちには、柔和に微笑みながら、幼い息子――マリウスを抱いている亡き母エリサの絵姿が描かれている。それは父アルシスが宮廷画家に描かせ、邸に飾ってあったものを、魔道師が正確に複製し、縮小して美しく焼きつけたものだ。

マリウス――当時はまだディーンという名であった彼にとてもやさしかった母は、落馬事故がもとで命を落とした父アルシス大公のあとを追うように亡くなってしまった。

アルシスのそばにあがるにはあまりに身分が低すぎる、ということで、その際にかたちだけは大商人の養女になったエリサだが、その実母――ディーンからすれば祖母にあたるひとは、もともと旅から旅への暮らしを続けてきたヨウィスの女性であったという。

その祖母は草原の国トルースで、たまたまその地を訪れ、騎馬民族の風俗について研究していた一人のパロの学生と出会った。ふたりはたちまちのうちに激しい恋に落ち、結ばれ、まもなく祖母は身ごもった。それを機に祖母は旅暮らしを捨て、トルフィアで双児の女児——エリサとその姉を産み落とすと、夫となった学生とともにクリスタルの下町アムブラへ移ってきたのだという。以来、エリサは小さな学問所の教師となった祖父と、その妻として占い師をはじめた祖母のもと、アムブラで育った。その祖母の薫陶《くんとう》よろしく、エリサは幼いころからウマに親しんでおり、乗馬も巧みであった。その乗馬はアルシスとエリサにとって、身分違いの二人の縁を結ぶきっかけともなった思い出深い趣味でもある。だが、その乗馬こそが、マリウスから父と母を奪う遠因となったのは皮肉なことであった。

幼いころに母を失ったゆえ、ほんとうの母はどのような顔だちだったか、どのように微笑み、どのように叱ってくれたのか、マリウスにはもうおぼろげにしか思い出すことはできぬ。だが、ペンダントを開ければ、そこにはいつも彼を優しく見つめている母の小さな似姿がある。かつてはそこから生前の母が愛用していたという東方風のエキゾチックな香水の匂いがただよってきたものだが、それももうすっかり薄れて感じられなくなってしまった。ただひとつ、マリウスの記憶に強烈に残っているのは、母の死の間際——父の死のあと、悲嘆のあまりに一切の食事を拒否し、ついに自死してしまった母と最後に交わした会話のことだった。

（ごめんね、ディーン。ごめんね）

灯りもなく、暗く閉ざされた病室を訪れた幼いマリウスの手を取り、母は涙ながらに云ったのだった。

（ごめんね、ディーン。弱い母さまを許して――でも、わたくしはもう逝かなければならないの。あなたのお父さまを――アルシスさまを亡くしてしまったわたくしにはもう、なにも力が残っていなくて……わたくしにはもう、これ以上の哀しみにはとても耐えることができない。だから、ごめんね、ディーン……）

その母の手は骨と皮ばかりで細く、かさついていたが、それでもそのぬくもりはマリウスの手にいまでも確かに残っている。

その言葉を最後に、母エリサは夫のもとへと旅立っていった。そのことを寂しく思うことがなかったといえば嘘になる。母は自分よりも父を選んだのだ、と恨めしく思いながら過ごした時期もある。だが、それでも生前、母が彼に注いでくれた愛情は、いまも彼の身内に決して忘れえぬぬくもりとして残っているのも確かなことだ。母が父への愛に殉じ、壮絶な死を選んだのは、その身内に流れる激しくて一途なヨウィスの民の血ゆえであろうと、守り役のルナンから後に聞かされた。だから兄とついに訣別し、クリスタルをたったひとりで飛び出したとき、それでは自分にも母のような激しさがあったのだ、とマリウスは我ながら驚いたものだった。

それ以来マリウスは、自分の身内に確かに息づいている母エリサの存在を、以前にも増して強く感じるようになった。いままでは母から受けついだヨウィスの血がなによりも――聖王家の青い血よりも強く、自分には流れているとマリウスは信じている。自分が聖王家を飛び出して吟遊詩人になったのも、そして兄と袂を分かつ勇気を与えてくれたのも、母エリサから受け継いだ血なのだ、とマリウスは思っている。もし母が生きていたら、こうして王家の一員であることを拒否し、流浪の暮しを選んだ彼のことをどう思うだろう――そんなことをマリウスはよく考えるようになった。

「ちょいとお兄サン。そこのキレイな吟遊詩人サン。あたいと遊んでおくれよ」

「こっちをみてよ、詩人サン。あちきを買ってくれたら、これまでみたこともないような天国を見せてあげるよ」

「すましてないで、こっちにおいでよ。このミン・レイが一生の思い出をあげるからさァ」

あいかわらず籬の向こうからは、しなをつくった遊女たちがさかんに声をかけてくる。通りにあふれる男たちの熱気をさますように吹く風にのって、白粉や香、阿片や黒蓮の淫靡《いんび》な香りもただよってくる。こんな場所を歩きながら、まるで乳離れせぬ子のように母のぬくもりを思っている自分もどうかしている、とマリウスは心のうちで苦笑したが、それでもそうした遊女の声や、強引に腕をつかもうとしてくる牛太郎たちの姿が今の自分にはわずらわしいことは否定のしようもない。

(――やっぱり今日はやめにして、また出直してくるとするかな。どうも気がのらないし、そのジャスミンとやらにもお目にかかれる気配もなさそうだし。さっさと宿に戻るとしよう。それにもし時間があえば、さっきの酒場の女の子――名前はなんだったたっけな……そう、ライラだ! あの娘、ぼくに気があるみたいだったからなあ。あの娘を呼び出して、宿へ戻るなり、あの娘の部屋へ行くなりして……正直、ああいうちょっとやぼったいところのある娘のほうが華やかな遊女よりも好きだなあ、ぼくは。遊女はやっぱりちょっと化粧が濃すぎるし、けっきょくは何を考えているか良くわからないんだもの)

マリウスはかるく肩をすくめ、くるりときびすをかえした。そのとたん、どん、と大きな衝撃がして、マリウスは正面からまともに誰かに突き飛ばされた。

「わっ!」

驚いてよろけ、二歩、三歩とたたらを踏んだマリウスは、あやうく転倒をまぬかれた。

そこへ威勢のいい怒声があびせられた。

「おい、気をつけろ、この唐変木《とうへんぼく》! どこみて歩いてやがる! こんなところで急に立ち止まるんじゃねえよ! あぶねえじゃねえか!」

「す、すみません」

　マリウスはあわててあやまった。みればマリウスよりも少し背の低い、いかにも一癖ありそうな男である。くるくるとしたくせっ毛で、ちょいと長めの下ぶくれの顔に、少し突き出た大きな前歯と引っこんだあごがまるでラクダ《ガィーム》のような印象を与える。クム風のだらりとした服を着崩して、その息にはにんにくの強烈なにおいが混じっている。そのあまりの臭さに思わず息を止めながらぺこぺこと謝るマリウスを、男はじろりとにらみつけて吐き捨てるように云った。

「この田舎もんが！　てめえみてえなのがこの西の廓にこようなんてのは十年はやいんだよ！」

　男はふん、とばかりにマリウスをひとにらみすると、肩をゆすりながら足早に去っていった。マリウスはふうっとため息をつくと、じろじろとみているまわりの視線を避けるように、そそくさと大門に向かって歩きはじめた。

　そのとき、腰のあたりが妙に軽くなっていることにマリウスはまだ気づいていなかった。

　どん、と軀《からだ》をあてておいて、すばやく右手を吟遊詩人の腰にのばす。よろめく相手にさっと身を寄せながら、目当ての財布をさぐりあて、手のひらに忍ばせた小さなかみそりをすばやくふるう。鋭い切れ味にかすかな手応えがあり、ずしりとした財布が手のなかに落ちてきた。大物を確信させるその重さに思わずにやつきそうになるのを抑え、つばを飛ばして罵声を浴びせながら、そっと財布をたもとに落としこむ。うろたえて謝る相手をにらみつけ、肩を怒らせてその場を立ちされば、それで仕事は終わりだった。

（ちょろいもんだな）

シェンは仲通りの人混みをかきわけ、少し足を早めながら心のうちでほくそ笑み、ふところに収めなおした財布の感触をそっと手で確かめた。貧乏くさい、うすよごれた詩人がぶらさげていた財布のわりにはずっしりとした感触がある。おそらくどこかで稼いできたばかりにちがいない。今日はどうやらついているらしい、とシェンはまたふくみ笑いをした。

シェンがこの稼業――掏摸《すり》をはじめてからは十年ほどになる。若いころにはロイチョイの劇場で役者を目指し、その夢が破れてからはタイス港でまじめに人夫をやっていたが、どんなに働いてもいっこうに楽にならぬ暮らしにすっかり嫌気がさした。それであるとき半ばやけになり、目についた酔っぱらいのあとをつけ、そいつの財布を掏りとってやった。それですっかり味をしめて、こっちの小昏い道に転じたのだ。最初は何度かしくじりかけ、やばい目にあいそうになったこともあったが、このところはどうやらコツをつかんできたらしい。別にやっている情報屋稼業よりも、よほど実入りがいい。昔は財布を掏るたびにひどい手汗をかいて難儀したものだが、最近ではそんなこともなくなってきた。さっきの仕事だって胸をどきつかせることもなく、平然とやってのけてみせたものだ。

もっとも、さっきの詩人ならば、カモだということは子供ですらわかっただろう。腰にくくりつけた巾着を重そうにゆらしながら、こんな大通りをぼんやりと歩いているのだから。しかも都合のいいことに、どっからどう見てもタイスははじめてと見える旅の男だ。シェンが他の掏摸——彼と同じようにそこらへんで目を光らせているだろう輩よりもヤツをさきに見つけることができたのは、彼にとってはディタの幸運というやつだった。

(さて、さっさとねぐらへ帰って……)

と、シェンが思ったときだった。

「掏摸だ！」

甲高い男の声がして、シェンの背後がざわついた。シェンはぎくりとしてふりかえった。すると、先ほどの吟遊詩人が叫びながら、血相を変えてまわりを見まわしているのが目に入った。

(おっと、やばい)

シェンは首をすくめ、こそこそと人混みにかくれようとした。が、そのとき、吟遊詩人とまともに目があった。そのとたん、詩人の顔色が変わるのが離れたところからでもみてとれた。

「そいつだ!」

詩人がシェンを指さして叫んだ。が、そのときにはもう、シェンは仲通りを外れ、脇の通りに飛びこんで一目散にかけだしていた。

「待て!」

詩人がわめきながら追いすがってくる。

(待つかよ、バカ)

シェンは胸のうちで舌を出しながら、自慢の足で通りを駆けぬけた。仲通りほどではないが、脇の通りにも少し小さめの妓楼がいくつもたちならび、それなりににぎやかに人があふれている。遊女のみためは多少落ちるといわれるが、そのぶん淫らを売りにしているものだから、その品定めに興じる男たちの目はむしろ仲通りよりもぎらついているかもしれぬ。シェンはすっかり慣れた足取りで、そんな男たちのあいだをするするとすり抜けてゆく。ちらりとふりかえると、まだ詩人は必死に追いすがってきてはいたが、背中にかついだキタラがどうやら邪魔をしてうまく走れぬようだ。しょっちゅう人にぶつかっては汚い罵声を浴びせられてもいる。

「誰か、そいつを——そのちぢれ毛の男を捕まえてくれ! そいつは掏摸なんだ!」

詩人が泣きそうな声で必死に叫んでいるが、まわりの男たちも、籬の向こうの遊女たちも見向きもしようとせぬ。シェンはあざけるように、今度はほんとうに舌を出してみせた。なにせここはタイス、しかもロイチョイである。自分の面倒は自分で見ろ、他人の面倒ごとにはかかわらぬ、というのが不文律のようなものだ。というか、長年にわたってここの住人たちが、余計なトラブルに巻きこまれぬために身につけてきた知恵と云ってもいい。たまにそのへんをうろちょろしている自警団のやつらにでもみつかれば別だが、そうでないかぎりは詩人に加勢するやつなどいるはずもない。

シェンは脇の通りからさらに小さな路地へと入った。このへんはシェンにとってなわばりみたいなものだ。みっちりと並んだ妓楼のあいだをごちゃごちゃと細い路地がつないでいるが、どこをどう通ればどこへ出るのかということは、もはや目をつぶっていたってわかる。ひょいひょいと身軽に狭い路地を折れ、抜け、また別の路地に入っては抜けてゆく。

(思いのほかしつけえな)

シェンはなおも追いすがる詩人にいらついたが、それでも徐々に、確実に詩人との差は広がっていった。五タルザンほども走ったころにはようやく詩人の声も足音も遠くなり、やがて気配がふつりと消えた。シェンはやれやれ、とばかりに足を緩め、小さな妓楼の裏にある、ぼんやりとした提灯の明かりの下に腰をおろした。ふっとひとつため息をつくと、口からふくみ綿をつまみだして投げすて、作りものの大きな前歯とちぢれ毛のかつらを外してふところへおさめ、上着をさっと裏返してはおる。それだけでもうシェンの印象はすっかり変わっていた。先ほどまでのちょっと間抜けなラクダめいた雰囲気はどこにもなく、年齢も十ほども若返り、それなりに様子のいい、多少は女に騒がれてもおかしくないようなクム男の姿がそこにはあった。もし万が一、あの吟遊詩人にもう一度出くわしても、まずばれることはあるまい。事実、しばらく掏摸の稼業を休んでまでも磨きあげてきた彼の変装が、これまでばれたことは一度もない。かつて夢見た役者にはなれなかったが、そのときの役作りの経験がこんなかたちで役立つ日がくるのだから皮肉なものだ。

ここは西の廓でもだいぶ奥まった外れのほうだ。むろん、妓楼のなかからは遊女と客がいちゃいちゃと睦みあう気配は伝わってくるし、ショームの笛の音も聞こえてはくるが、仲通りのにぎやかさからすれば静かなものだ。人の姿とてまわりにはみえぬ。シェンは息を整えながら、掏りとった戦利品をふところから引っぱりだした。厚手の革袋の口を、これまた革でできたひもがしっかりとしばっている。思ったよりもずっしりとして、ちょっと動かすたびに硬貨がじゃらじゃらと音をたてる。シェンはにやにやしながら、手のひらでその感触をしばしたしかめ、おもむろに中をのぞいた。財布から使い古した革の饐《す》えたにおいがかすかにのぼってくる。

（うほっ）

シェンの笑みがさらにひろがった。

（なんだよ。どうせびた銭ばかりだろうと思ったが、意外にそうでもねえな。銀貨までまじってやがらあ。こいつぁありがてえ）

シェンは財布のなかみをざっとあけ、自分のふところの隠しに移しかえると、からになった財布をそばのどぶにぽいと捨てようとした。が――

（ん？）

シェンは不意に思いなおし、もういちど、その財布をしげしげと眺めた。

（なんだか、まだ何か入っているみてえだな）

シェンは革の財布を裏返し、じっくりと調べた。と、小さな二重ぶたの隠しポケットがついているのに気づいた。ポケットの上から指でさぐると、やはり丸い硬貨のようなものが入っている。シェンは思わず舌なめずりしながらなかをさぐり、なかみをつまみだした。そのとたん、鋭いきらめきが目を射貫いた。

（おおっ）

シェンは目を見張った。

（こいつは、金貨じゃねえか！）

思わぬ獲物に、シェンの手はふるえた。手のひらにはじんわりと汗がにじんでくる。

シェンは金貨に顔を寄せ、しげしげとながめた。

むろん、これまでシェンは金貨などほとんどお目にかかったことはない。だが、いちどだけ、金持ちの商人の供をしていた少年から掏りとった財布のなかに金貨が入っていたことがある。その稼ぎでとびっきり綺麗な遊女をひとばん抱くことができたのが、これまでのシェンの人生のなかで、いちばんの幸せな時間だった。

こんどの金貨は、そのときの金貨――クムの大公だかなんだかの横顔が刻まれたものとはずいぶんと趣が違う。それよりもだいぶ大きくて重いし、刻まれているのは鳥と獣を組み合わせた紋章のようなものだ。裏にはなにやら複雑な模様も描かれている。

(間違いねえ。大物だ)

シェンの鼻息が思わず荒くなった。またあのときみたいな、天国のような思いができるかもしれぬ、と思うと、なにやら下腹のあたりが早くも熱くたぎってくる。

とはいえ――

(ちょいと思案のしどころではあるな……)

これをそのまま懐に入れるというのも禁物だ。そもそも、どう考えたって、あのうすよごれた吟遊詩人がこのようなものを持っていることからしてあやしい。とてもまっとうな稼業で稼いだものとは思えないし、もしそうだとしたところでわざわざ隠し袋を作ってまで持ち運ぶことはないだろう。下手すると何かの罠か、あるいはどこぞの国の密偵やもしれぬ、とさえ思えてくる。もっとも、あの不用心さからしてそうとは思えぬが、なんといってもこのご時世だ。決してありえないことではあるまい。

となれば、まずは金貨の出どころを調べねばならぬ。いつもなら、そのまま懇意にしている故買屋に駆けこむところだが、向こうとて腹に一物もっている曲者だ。こんな得体の知れぬ金貨をうかうかと見せてしまおうものなら、こちらの無知につけこんで何をされてしまうか判らぬ。いつものように多少の分け前を払う程度ですめばよいが、もしこの金貨が本当にやばいものならば、あるいはどこぞに通報されて、こちらの手が後ろにまわることもあるやもしれぬ。下手すれば命さえもとられかねないだろう。

（ま、あわてることたあねえな。一度ねぐらへ帰って、じっくりと考えてみるとするか……）

と、シェンが金貨を懐に落とそうとしたときだった。

「――おい」

背後から低い声がした。シェンはびくりとして振り返った。そこには黒いフード付きのマントに身をつつみ、顔を隠した小柄な男がゆらゆらとたたずんでいた。シェンはあわてて金貨をしまいこみ、そのまま懐に手を差し込んで、忍ばせていた匕首《あいくち》をすらりと引き抜いた。

「な、なんだ、お前は。いったい、どこから現われやがった」

「おっと、物騒なことはやめてくれ。その光るもんをしまってくれよ。別にあんたに何かをしようっていうわけじゃないんだ」

　フードの男は軽く両手をあげた。

「ただ、あんたが妙なもんを持っているのがみえたもんだからさ」

「妙なもん、ってなんだよ」

「いや、だから、ほら、あんたがいま懐にしまったもんさ。それってさ、たぶん、おいらが持ってるこいつとおんなじもんじゃないかと思うんだけど」

「なんだと？」

「ほら、こいつだよ」

　フードの男が右手をすっと差しだした。その手のひらには、なにやら丸く光るものが載っていた。シェンは思わず身を乗りだし、その手のひらをのぞきこんだ。

　そのとたん――

　シュッと微かな音がして、男の手のひらから黒い霧が吹き出し、シェンの顔にまともにかかった。

「うわっ！」

　シェンは慌ててのけぞった。だが、その霧はまるで生き物のようにシェンの顔にまとわりつき、その目と鼻と喉を強く刺激した。シェンは涙と鼻水をだらだらと流しながら激しく咳きこみ、のたうちまわった。その喉が空気をもとめてひゅうひゅうとなる。

「おっと、あんた大丈夫かい？」

　フードの男が介抱するふりをして、シェンの懐に手をつっこんだ。シェンは弱々しく抵抗したが、もはやなすすべもなく、せっかく手に入れた金貨は男の手に渡ってしまった。

「すまないね、あんた」

　フードの男は、いまや呼吸もままならず、息も絶え絶えのシェンにささやいた。

「この金貨はね、あんたのような人にもたせておくわけにはいかないんだよ。こんな大事なときに、あの方がタイスにいるなんてことが万が一にも誰かにばれようものなら大変なことになるからね。それにしても、ディーンさまは相変わらず迂闊《うかつ》なことだ。――さて」

　フードの男は裾《すそ》を払って立ち上がった。

「もうしわけないけれどもね。あんたには死んでもらうよ。可哀相だから、記憶を奪うだけにしとこうかとも思ったけれど、万が一にでも思い出されることがあっては困るんでね。おいらのことも、金貨のことも、今晩あんたの獲物になった吟遊詩人のことも。特にいまのご時世ではね。あんたにはちょいとぬか喜びさせちまって悪かったが、こっちにも事情ってもんがある。今夜のことは運が悪かったと思っておくれ。――っても、死んじまうあんたには関係ないことか。それじゃあな、掏摸の兄さんよ。余計なお世話だが、来世ではもう少しまっとうに生きたほうがいいと思うよ」

ぼんやりとかすむシェンの目に、フードの男はゆらゆらと揺れてみえた。そのゆらぎは少しずつ大きくなり、やがて黒い陽炎のように夜に溶けこんでいった。それと同時に、シェンのかすかな意識もついに途絶え、呼吸が止まり、鼻と口から血が噴き出し、鼓動が止み、体が徐々に冷えてゆき——

そして西の廓の裏路地は、ふたたび静寂に覆いつくされたのだった。

2

「――神隠し、だそうじゃないか」

ヨー・ハンは煙管の灰をぽんっ、と盆に落とした。

「この二ヵ月ばかりで、遊女見習いが何人もゆくえ知れずだときいたが」

云いながら空になった煙管をそっと脇に置くと、ゆったりとした夜着のおもてを合わせなおす。そのまなざしはいつもと変わらず柔和だが、ちらりと憂いもうかんでいる。

男は袖をちょっとまくりあげてギヤマンの杯を取り、ぐいとつきだして琥珀色の火酒をつがせた。少しふくよかな丸顔に大きな二皮目《ふたかわめ》が印象的で、口角はいつも笑みをたたえているように少しあがってみえる。穏やかな人というのはこういう人を云うのだろう、と誰にでも思わせるような四十がらみの男だ。

「ええ、そうなんですよ。ほんとうに不気味な話で、怖いったら」

敵娼の遊女ジャスミン・リーは、火酒を注ぎおえた瓶のくちを懐紙でそっと拭い、少しどきついた胸を悟られぬようにしながら小さく口をとがらせた。むろん、涼やかな目をちらりと流して媚びを売ることも忘れない。なにせ今から九年前、十七歳で正式に遊女となってわずか二年もせぬうちに、あれよという間に人気を集めて高級遊女《ハオリャン》、それもいまではアイノ遊廓のミレーユと二人しかおらぬ最高遊女《ハオターリャン》にのぼりつめた娘である。そのあたりにそつのあろうはずもない。ましてや相手は西タイスで薬草を商う大商人だ。廓の内証《ないしょう》を思えば、けっして無下になどできぬ。もっともそのような下世話な事情がなくとも、ヨー・ハンを粗末にあつかうつもりなどジャスミンには毛頭なかった。遊女を人とも思わぬ客も多いが、この初老のやもめ男にはそのような様子などはみじんもなかったからだ。これまで心ならずも相手をしてきた数多くの男たちのなかでただひとり、それなりに好もしく思っている男だといっても過言ではない。

「わたくしも見習い時分から数えれば、もうかれこれ十年以上も廓におりますけれど、こんなに大勢の姿が見えなくなるなんてこと、あの大火のときを除けばいままで一度もございませんでしたのよ。もしわたくしが見習いのころにこんな騒ぎが起こっていたら、と思うとぞっといたしますわ。自警団の方たちも何をしていらっしゃるんだか。ちょっとそこまでお使いにでかけた娘がそのままいなくなってしまったり、習いごとから帰ってこなかったり――なかには、前の晩まで廓にいたものが、翌朝になったらすっかり姿を消していたというものまでいるのだそうですから、どうにも不思議で」

　ジャスミンはそつなく話をあわせてみせた。

「おや、それはいけない」

ヨー・ハンは軽く眉をひそめると、火酒をちびりとなめるように飲み、お前もどうだ、とばかりにジャスミンに杯をつきだした。ジャスミンはかるく会釈し、きれいに爪を磨きあげた指さきで受け取ると、そっとのどに火酒を流しこんだ。蜜のような甘い香りと煙のような独特の風味が口中から鼻へと抜け、そのむこうから立ちのぼる強い酒精がのどを焼く。思わず軽くむせそうになるところをぐっとこらえ、ふちについた濃い紅をかるく拭《ぬぐ》って涼しい顔で杯を返す。ヨー・ハンはそれを無造作に受け取りながら、小さく首をかしげた。

「確かに不思議な話だね。なにしろまだ見習いの娘たちだからね。ただの足抜けというわけでもなさそうだ。——魔道師でもからんでいるのかな」

「ええ、わたくしたちのあいだではもっぱらそういう噂ですけれど。あまりに不思議なものだから……。でも伺ったところでは、それもなかなか筋が通らない話みたいで……なんでも魔道師は、むやみやたらとそういうことができないように厳しい掟があるんだとか」

「ああ。例の魔道十二条というやつだね」

「お詳しいんですの？」

「いや。私も詳しいことは知らないが、このあいだパロでね。懇意にしている若者からそんなことを聞いた」

「あら」

ジャスミン・リーは長い箸を器用に使い、甘辛いたれで煮付けた魚を香草でまくと、それをヨー・ハンの口もとへとさりげなく運んだ。手首の鈴がしゃりん、と鳴り、かたちのよい乳房がこぼれそうな胸もとから、その二つ名の由来となった茉莉花《まつりか》の強い芳香がたちのぼる。

「パロへ行っていらっしゃいましたの？　それでずいぶんと長いことといらしてくださいませんでしたのね。おかげで、とても寂しい思いをいたしておりましたのよ、わたくし」

「おや、うれしいことをいうね――ああ、これは美味い」

ヨー・ハンは差しだされるがままに魚を頬ばると、かすかに口もとをゆるませ、また火酒をちびりとすすった。ヨー・ハンはもっぱら魚を好み、決して獣を口にしようとはせぬ。二十年ほども前、妻を亡くしたのをきっかけに信仰するようになったというミロク教では、獣肉を口にするのは禁じられているのだそうだ。もっとも酒も同じく禁じられているらしいのだが、これればかりはどうしても止められぬ、ミロクさまにもお目こぼしをいただいて、というのがヨー・ハンの口癖だった。

「まあ、パロはついでだったんだがね。本当の目的はヤガだ」

「ヤガ、ですか？」

「ああ。沿海州に近いミロクさまの聖地だよ。そこにお参りに出かけて、ついでにライゴールやらアルゴスやらをまわり、パロに寄って帰ってきた。おお、そうだ。たんまりと土産も買ってきたからね。あとでお前にも届けさせよう。パロはなにしろああいう状態だから、いつものように珍しいもの、美しいものはなかなか見つけられなかったが、そのかわりにヤガが面白いことになっていてね。訪れたのは十年ぶりだが、ずいぶんと様変わりしていたな。――どうだい、ジャスミン。そろそろお前もミロクさまの教えに触れてみないかい」

「ヨー・ハンさま」

ジャスミンはかすかに首をふり、ヨー・ハンの膝にそっと手をおいた。

「わたくしは娼婦ですのよ。いつもおっしゃっているじゃありませんか。ミロクさまは姦淫《かんいん》をお許しにならぬ、と。こんなわたくしがミロクさまのお心にかなうわけがありませんもの。やっぱり、ロイチョイの遊女はサリュトヴァーナ様とミーレ様の申し子なのですわ」

「いやいや、ミロクさまはそんなにお心の狭いかたではないさ。私だってかつてはずいぶんと――いま思えば、若い時分はいかにもタイス商人らしく、色と欲こそすべて、他人を蹴落としてなんぼのもの、というようなあくどい男だったと思うが、それでもミロクさまは御心ひろく受け入れてくださったのだよ。ましてやお前は遊女とはいえ、みずから望んでそうなったわけではないのだろう。そのようなものをミロクさまが拒まれるものか。むしろ、そのようなものをこそ救うためにミロクさまはおられるのだ、と私は思っているがね」

「それはもう」

ジャスミンは艶然と微笑んだ。

「こうしてヨー・ハンさまのおそばにいれば、ミロクさまがあなたさまのようにお優しい神さまだろうことはわかりますけれど」

「こらこら」

ヨー・ハンは苦笑した。

「まあ、とにかく考えてみておくれ。無理強いはせぬよ。それもまたミロクさまが禁じておられることだから」

「ええ、ありがとうございます」

「ともあれ、寂しかったのは私も同じだよ、ジャスミン。前にここに来てからどのくらいになるかな」

「そうですわね。前に来てくださったのが年の初めのころでしたから……」

ジャスミンは、ひぃ、ふぅ、みぃ、と、しなやかな指をたおやかに折り、

「ほら、もうかれこれ六月《むつき》ぶり。わたくしを水揚げしてくださったころにはずいぶんと足しげくいらしてくださったのに。もうわたくしのことなど飽きてしまわれたのかしら、と思いましたわ」

ジャスミンはかるく頬をふくらませてみせた。ヨー・ハンは笑ってジャスミンの右手をとり、優しくなでた。

「そんなことがあるものか。お前はいつでも私の天使、亡くなった妻の代わりにミロクさまが遣わしてくださった聖女だと思っているよ、ジャスミン」

「そんな、おたわむればかり。でも、うれしい」

ジャスミンはヨー・ハンの手を自らの頬に引きよせ、そっと押しあてた。若いときから薬草を扱ってきたからだろう。その手はがさがさと荒れてはいるが、温かい。

「それにしても、ついでとはいえパロへだなんて、ずいぶんと物騒なところへいらしたのですね」

「なにしろ薬草を商っているからね、私は」

ヨー・ハンはジャスミンに右手を預けたまま、火酒をまたちびりとなめた。

「薬草といえばなんといってもパロが本場だ。なにしろ医学や魔道の中心地だからね。あちらでなければどうしても手に入らないものもある。だからこんな時世でも立ち寄らないわけにはいかないのだよ。それに、クリスタルには知り合いも多くてね。――あそこにはアムブラという下町がある。学生たちがおおぜい集まっていてね。知っているかね？」

「アムブラ」

懐かしいその名に、ジャスミンの胸がどきりと鳴った。知らぬわけがない。なにしろ、ジャスミンはそこで生まれ育ったのだ。彼女の母も祖父もアムブラのひとだ。だが、それはジャスミンがずっと封印してきた秘密だった。

「ええ、名前だけは聞いたことがあるような気がしますけれど」

ジャスミンは素知らぬふりをして小さくうなずいた。ヨー・ハンは微笑んだ。

「アムブラにはクムからも若者がおおぜい留学している。そのなかには、私がこれと見込んで送り出したものも何人かいてね。たまにその者らの様子をうかがいにも行くのだよ。ちゃんと勉強をしているのか、あるいは――こんなきな臭いさなかに、モンゴールの野蛮な――といってはミロクさまに叱られるかもしれぬが、まあ あまり洗練されているとは云いがたい人たちがのさばるところで、ちゃんと勉強できているのか、そんなことを確かめにね」

「まあ」

ジャスミンはくすりと笑った。

「まるで、その若者たちの親御さんのようですのね。ヨー・ハンさまは」

「まあ、そうだな。確かに彼らはわが子のようなものかもしれない。それに、アムブラにはわりと大きなミロク神殿もある。クリスタルといえばヤヌス教の大本山のおひざもとだが、それでもけっこうな数のミロク教徒が集まっていてね。分教会などをつくって敬虔に暮らしているのだよ。私もミロクに回心して以来、クリスタルに出向くたびにその人たちに懇意にしてもらっていたものだから、どうしているか気になってね。ヤヌスのひとたちに弾圧はされていないか、食べ物や衣服は足りているか、などとね」

「そうでしたか。それで、ご様子はどうでしたの？」

「思ったよりは、みな元気にしていたよ。ほれ、例のお気の毒なクリスタル公の悲劇のあとだったから余計に案じられたのだが、かえってあまりに静かだったので拍子抜けしたほどだ。聞けば、いまではパロの名だたる武将たちも喪に服しているとかで、ほとんどが地方の領地に帰っているらしい。だからクリスタルにはモンゴールの兵士の姿は目立つが、さほど不穏な空気はない。とはいえ――」

　ヨー・ハンはまた火酒をなめた。

「とはいえ、アムブラの人々――特に学生たちのあいだには不満がくすぶっているのも感じたがね。気がかりなのは、ミロク神殿の広場に大勢の学生たちがたむろして、なにやらひそひそとやっている様子がみられたことだ。普段は数少ないミロク教徒しかやってこない、あのにぎやかな下町のなかでも静かなところなのだが、このあいだはかえってアムブラでもいちばん人が多いのではないかとさえ思えたほどだ。どうみてもミロク教徒ではないものばかりが大勢あつまっていてね。なにしろ血気盛んな若者たちだ。よからぬこと、というか、無謀なことを考えていなければよいのだが……」

「それはご心配ですわね」

「うむ。それにもうひとつ気になることを云っていた者がいてな」

「あら、なんですの？」

「その、私がアムブラに送り出した留学生のなかにバン・ホーという若者がいる。とても優秀な男でね。いまではアムブラの学生の間でも一目置かれる存在になっている。その男が魔道を学んでいるのだ。ほれ、さっき云った魔道十二条とやらについて教えてくれたのも彼だよ。その彼が、知り合いの魔道師から妙な星が見えるといわれたらしい」

「妙な星――お空の」

「いや、そういうものではなく――まあ、もしかしたら、そういうものなのかもしれないが、いわゆる占星術、ってやつだよ。運命をあらわす星のことだ」

「ああ、星読みのこと」

「そうだ。バン・ホーは義に厚い男でね。いつも私のことや、故郷のタイスのことを気にかけてくれている。それで私がクリスタルを訪れているあいだに、わざわざ知り合いに頼んで占ってもらってくれた。そしたら、魔道師がこんなことをいったというのだよ。

──星辰に曰く、常ならぬ軌道描きて彷徨《さまよ》いたる帚星《ほうきぼし》あり、蠍《さそり》の宮より出でて女御《にょうご》の宿《しゅく》に入《い》り、星々の調和ゆらぎぬ、とね」

「…………？」

ジャスミンはよほどいぶかしげな顔をしたのだろう。ヨー・ハンがちらりと目をくれて、おかしそうに軽く笑った。

「まあ、なにしろ魔道師だからね。なかなかにもったいぶって訳がわからぬけれども……バン・ホーが謎解きしてくれたには、どうやらモンゴール、それもおそらくトーラスから重大な使命、もしくは運命を背負った何者かがタイスにやってくる──あるいはすでにやってきた、ということらしい。そして、それによってタイスに大きな変化──不穏か、あるいは騒乱か、そういったものが生じるだろう、と」

「あら」

ジャスミンは、眉を軽くひそめた。

「いやですわ、そんな、不吉な……とはいえ、わたくしも占いはたしなみますから、そんなことをいって怯えてしまってはいけないのでしょうけれど」

「まあ、占いというのは使いようだからね。気の持ちようを教えてくれるものでもある。あまり気にしすぎないでおくれよ、ジャスミン」

ヨー・ハンは小さく声を立てて笑った。

「とはいえ——そうして占ってもらわなくとも、タイスがやや危なっかしい立場にあるのは間違いない」

「そうですの？」

「うむ」

　ヨー・ハンはうなずいた。

「なにしろ、タイスというのはパロとモンゴールの間にあり、クムの中心地たるオロイ湖西岸からは唯一はなれた大都市だ。もともとモンゴールの建国以来、オロイ湖の東岸というのはいくどとなくクムとモンゴールの諍《いさか》いの場となってきたからね。それにパロス街道やモンゴール街道からもほど近い。となればこのご時世、パロとモンゴールの間を軍隊が行き来するたびに、タイスのそばを通ることになる。そしてもし、パロの情勢がこのまま落ち着けば、次はここが狙われるというのはありえない話ではない。あの野心家のヴラドめがいかにも考えそうなことだ。それをタリオ大公さまもやはり警戒していらっしゃるのだろうな。私もタイスに久しぶりに戻ってきて驚いたが、街なかにずいぶんと兵隊の数が増えているね。さすがに廓ではそんな無粋な姿は見かけないが……しかし、そうか」

　ヨー・ハンの目がかすかに光ったようにみえた。

「あるいはもしかしたら、くだんの魔道師の占いというのはそういうことではないのかもしれない。そう、タイスの不穏な空気というのはそういうことではなく、あるいはお前のいうその神隠しのことを云っているとも考えられるな。バン・ホーの話では、女御の宿というのはタイスを表すそうだが、そのなかでも特に廓を表すことが多いそうだからね」

「…………」

「常ならぬことというのは、たいがい外からやってくるものだ」

ヨー・ハンは飲み干した杯をおいた。目のふちがほんのりと赤い。

「そういう、なにやら怪しげなものが入りこんでいないか、自警団あたりにさりげなく云ってやったほうがよいかもしれないよ。それとも私から云っておこうかな。モンゴールからやってきた男――か、女かわからぬが、そういったものに気をつけろ、とね。あんがい、神隠しの正体はそんなことなのかもしれない」

「モンゴール……」

「それとも、あるいは、もっと身近なところかな」

ヨー・ハンは、あごに手をやった。

「えっ？」

ジャスミンはぎくりとしてヨー・ハンを見つめた。

「まさか、廓のなかに、とおっしゃいますの？」

「いや」

ヨー・ハンは首をふった。

「廓とはいわないが、近くにな。——ほれ、あの丘の上に住まうあの方などはどうだろうね」

「丘の上。紅鶴城の」

「うむ、伯爵さまだ。相変わらず、あの方はここへは近寄らぬのだろう？」

「ええ。そのようですね」

「あの無類の好色で有名なかたが、そのお膝元にある世界一の遊廓に近寄らないというのだからね。よほど命が惜しいのだろうけれども……それだけにあの高慢で残虐なかたが、これだけの因縁をもつ廓を相手になにも仕掛けてこないとも、私には思えないのだがね。あるいは占いのいう不吉な星が本当に神隠しに関係しているのだとしたら、それをわざわざタイスに招き入れたのも、伯爵さまご自身かもしれない、とも思えてくるよ——まあ、そうして人の悪意を疑うなどということは、ミロクの徒としてあるまじき思いかもしれないが」

「そんなこと……」

ジャスミンは眉をひそめた。

タイスにあって絶対的な権力を持つタイ・ソン伯であるが、彼はロイチョイ——特に西の廓には絶対に近寄ろうとはせぬ。というのも、彼と西の廓の関係は非常に険悪であるからだ。

タイ・ソンはかつて西の廓の遊女にして、タイス一の美姫といわれたルー・エイリンを妾にした。しかし、それが先代タイス伯の娘であり、タイ・ソンの次期伯爵としての地位のよりどころでもある正妻の知るところとなり、その逆鱗《げきりん》に触れた。正妻から離縁を突きつけられ、廃嫡《はいちゃく》の危機に瀕したタイ・ソンはやむなく、彼の子を孕《はら》み、すでに産み月を迎えていた寵妃《ちょうひ》を無慈悲にも地下水路――タイスの下に広がる暗闇の底へ突き落としたのである。

その仕打ちに、西の廓は激怒した。ことにルー・エイリンの妓楼主であり、廓の有力者でもあったワン・ズイは、自らが手塩にかけて育てあげた、いわば娘のような自慢の遊女の無残な死に怒り狂った。彼は、もしタイ・ソンが再びロイチョイに足を踏み入れるようなことがあれば、どのような手を使おうとも二度と生きて帰すことはないと大胆にも公言し、妓楼ギルドもそれを全面的に支持した。その言葉は、当時は子爵であったタイ・ソン自身にも伝わり、当然ながら彼の不興を買ったが、なにしろロイチョイ、そして西の廓はタイスにとって――ということはタイス伯爵家にとって、あるいはクム大公家にとっても決して失うことができぬ莫大な収入源でもある。まだ健在であった舅《しゅうと》や妻の手前もあり、タイ・ソンはやむなく矛を収めたものの、それ以来、タイ・ソン伯とロイチョイとの間にはおもてむきは冷たい、だがその奥底には熱く滾《たぎ》るマグマが潜んでいるかのような対立が二十年近くも続いている。

実は、そのルー・エイリンとジャスミンとのあいだには浅からぬ不思議な――奇跡としかいいようのない縁がある。が、それもまた決して口外してはならぬジャスミンの秘めごとだった。

「タイ・ソン伯と西の廓との確執ももうずいぶんと長くになるだろう。伯爵が気の毒なルーを地下水路に突き落としたのは、うちの息子が生まれたころだからね。もともとがあれほどの好色で、一日と空けずに廓へ通っていたというじゃないか。それがずっと出入りを禁じられているというのだから。もともとがそう忍耐強いひとではないというし、そろそろじれて、なにやら仕掛けてきているのかもしれない」

「そうなのでしょうか……」

ジャスミンは少々怖気《おぞけ》を覚えながら云った。

「まさか、いくらなんでも伯爵さまが、とも思いますけれど。だって、まだいとけない娘たちですのよ。神隠しにあっているのは。仮にもタイスのまつりごとをつかさどる方がそんな怖ろしいことをなさるなんて……」

「しかし、なんといっても保身のために愛妾を突き落としたひとだよ。そんなことをしたって誰も驚かないだろう。それに伯爵さまにはとかくよからぬ噂ばかりを聞くからね」

　ヨー・ハンは眉を寄せ、腕を組んだ。

「とにかく伯爵さまは、男だろうと女だろうと、若いのだろうと年増だろうと、色ごとにはもともと目がないというからね。どうにも我慢がならなくなれば、このくらいの暴挙に出たっておかしくはないだろう」

「ええ、そうですね……そうかもしれません」

「とはいえ、これも憶測にすぎないのは認めるが……いずれにしても、西の廓にどこからか矢が射かけられているのは間違いない。ということは、矢を射かけるだけの動機を持ったものがどこかにいるということだからね。それが恨みなのか、色なのか、金なのか、それはわからないが……まあ、そのようなことは廓のギルド連中もわかっているだろうがね。——ただ、もしそれが伯爵さまなら、なんといってもこのご時世だ。なかなか危ういことではある、という気はするね」

「…………」

「まあ、そのような無粋な話はこれくらいにしておこう。——せっかく、こうして半年ぶりにお前と会えたのだから。ジャスミン、もうちょっとこちらへおいで」

　ヨー・ハンは自ら話を打ち切ると、そっと杯をおき、ぐいと手を伸ばしてジャスミンの肩を優しく引き寄せた。ジャスミンも心得て小さく嬌声をもらすと、男のなすがままにその胸に抱かれてみせた。ヨー・ハンはジャスミンのあごをそっとあげさせると、そのふっくりとした唇をかるく吸い、その紅をふちどるように指でなぞった。

「ミロクさまも、これくらいならお許しくださるだろう。今夜はせっかく久しぶりに会えたのだ。もう少しゆっくり、お前とこうして過ごしていよう」

「ええ、そうしてくださいませ、ヨー・ハンさま。まだ、お酒は召し上がりますか？」

「ああ、もう少しもらおうか」

「では、新しいものを用意させますわ。少しお待ちくださいませ——イェン・リェン、ワン・イェン・リエン！」

ジャスミンはお付きの遊女見習い《イェリャン》の名を呼んだ。まだ十二になったばかり、愛らしい笑顔のほがらかな聡《さと》い娘だ。もっとも少々元気すぎるところもあり、一度へそを曲げてしまうとなかなかいうことを聞かず、そうなると手を焼いてしまうところもある。それでも、近ごろはずいぶんと遊女見習いらしく、こういうときにもそばに控えてそつなく、すぐに応えてやってきてくれるようになった。

はず、だったのだが——

はあい、といつもなら可愛らしく返ってくるはずのいらえがない。

（——あの子ったら）

ジャスミンは心のうちでため息をつき、ヨー・ハンに黙礼して詫びるとそっと立ちあがった。鷹揚に微笑むヨー・ハンを背に部屋の外へ出て、小さな控えの間をのぞく。

「イェン・リェン？」

が、やはりというべきか、そこに遊女見習いの姿はなかった。ジャスミンは仕方なく、となりの下女たちの部屋にそっと声をかけた。

「ヤム婆さん、いる？」

「──どうしたね？　ジャスミン」

部屋の奥から遣り手婆がひょっこりと顔を出した。

「イェン・リェンを知らない？」

「いや、みてないが。どうした。なんの用だい」

「新しい火酒を持ってきてほしいのよ。ヨー・ハンさまがお好きな例のものを。それで持ってこさせようとしたんだけれど」

「いないのかい？　どうしたんだか。あの娘もずいぶんしっかりしてきたと思ってたんだがね。しょうがないね──マイ・チー！」

「はあい」

遣り手婆の声にすぐにいらえがあり、奥から若い下女が顔を出した。

「火酒をひと壺取ってきておくれ。ナント産の三十年ものをね。それをジャスミンのところへ持っていくように」

「はい。わかりました」

うなずいて奥向きへと向かった下女に、ジャスミンは慌てて声をかけた。

「ああ、マイ。ちょっと待って」

「はい？」

「あなた、イェン・リェンをみかけなかった？」

「ワン・イェン・リェンですか？　イェン・リェンなら、夕方に出かけましたけれど。でも、もう帰っているころじゃないかしら」

「それがいないのよ」

「ほんとうに？」

マイは驚いたようだった。

「ねえ、マイ。あの娘、どこへでかけたかわかる？」

「廟に行く、っていってましたけれど」

「廟？　こんな時間に？　なぜ？」

「さあ……なんだかすごく慌てて飛び出していってしまったから……」

「それはいつごろの話？」

「二ザンくらい前、一点鍾が鳴る少し前くらいに」

「そんなに前？」

ジャスミンは驚いた。暮れの一点鐘が鳴り、廓の大門が開くころには、遊女はもちろんのこと、ほかで用を足していた遊女見習いも妓楼へ戻っていなければならない。かつてはよく遅刻をして叱られていたイェン・リェンだが、さすがにこれほど帰りが遅くなったことはない。

「いったい、どこでなにをしているのかしら……」

少々むっとしてジャスミンがつぶやいたときだった。

「――こりゃ、いけない！」

とつぜん、ヤム婆さんが鋭くささやいた。その皺ぶかい顔はすっかり青ざめていた。

「いけないよ、ジャスミン。こりゃ、神隠しにやられたかもしれない」

「え？」

ジャスミンは驚いた。

「そんなことないわよ。ただの遅刻よ。あの娘、そういうだらしないところがまだあるから」

「いや」

ヤムは激しく首を横にふった。

「そうもいえないよ。イェン・リェンもこのところはずいぶんとしっかりしてきたんだ。あたしがみっちりしつけたんだから。それに、あの娘は廟に行くといってでていったんだろう？　噂だと、神隠しは廟のたたりだともいうじゃないか」

「そんなの」

ジャスミンは顔をしかめた。

「ただの噂よ。迷信だわ」

といいながらも——

ジャスミンの心のうちに、急速に疑念が広がっていった。

（ワン・イェン・リェン……あの娘が神隠しにあうなんてこと、あるはずはないけれど……でも）

この時間は昼の目抜き通りにもまさるにぎわいをみせる西の廓だが、廟のあたりはひとどおりもほとんどない。自警団の目も届きがたい場所だ。まさかとは思うが、あんなはずれにまで迷いこんだ酔客がいれば、なにか悪さをされることもあるかもしれぬ。あるいは例の輩たちが、大胆にも自警団の警戒の目をかいくぐり、客に紛れて廓に入りこむようなことがないとも云えぬ。

そして危険はほかにもある。

（そうだ——運河）

ジャスミンはふいに思い出した。そういえば数年前にも遊女見習いが二人、行方不明になったことがある。廓じゅうの若い衆が総出で探したがみつからず、みつかったのは運河のわきに転がっていた娘たちの履き物だけだった。それで二人は誤って運河に落ちたか、あるいは廓での生活に耐えきれずに飛び込んで自死したか、という結論になったのだったが――

もう外はずいぶんと暗くなった。もし、イェン・リェンがあわてて足を踏み外しでもしたら――

ジャスミンの脳裏に、うつ伏せに運河に浮かぶ少女の姿があざやかに浮かんだ。遊女は小さく身震いした。

「ヤム婆さん」

彼女は遣り手婆に早口で云った。

「バル・ガンとワン・チェン・リーを呼んで。バル・ガンを運河に、チェン・リーを廟に向かわせて」

「ああ、わかった」

ヤム婆さんはあわてて若い衆の部屋に飛んでいった。まもなく、血相を変えた二人の若い衆が、裏口に向かって廊下を走ってゆくのが見えた。妓楼は今夜も賑やかで、あちらこちらから客の下品な笑い声や遊女の媚びるような嬌声が聞こえ、煙草の煙が濃く漂ってくるなかを、食事や酒を持った下女たちが忙しく走りまわっているが――

そのいつもと変わらぬ光景を、ジャスミンは無意識に唇をかみながらみつめていた。

（――ワン・イェン・リェン！）

怯えとも、怖れとも、怒りともつかぬ情念が、遊女の胸の奥深くに渦巻いてゆく。

（なんてこと……ああ、なんてこと！）

（もし、いまワン・イェン・リェンを失ってしまったら――そのようなことが万が一にもあったなら……）

（わたくしは――わたくしは！）

お守りがわりにかけている瑪瑙《めのう》のネックレスを無意識に探り、なかば呆然と立ちつくしていたジャスミンに、後ろから声がかかった。

「――どうしたんだい、ジャスミン。ワン・イェン・リェンになにかあったのか」

はっとして振り向くと、そこには心配そうなヨー・ハンの顔があった。ジャスミンはすぐさま表情を取りつくろい、いつもと変わらぬ笑みを浮かべて穏やかに云った。

「申し訳ございません。どうやら、あの娘がまた不調法をしたようですわ。いま人をやりましたので、まもなく戻ってまいりますでしょう。ほんとうにお騒がせいたしました。さ、お部屋へ戻りましょう」

「よいのか？」

ヨー・ハンはジャスミンの顔をのぞきこんだ。

「どうも様子がおかしいぞ、ジャスミン」

「ヨー・ハンさま」

　ジャスミンはなおも微笑んで見せた。

「大丈夫です。なんでもありませんわ。少し、あの娘に腹を立てていただけです。——さ、ほら、新しいお酒もまいりました。せっかく、久方ぶりにいらしてくださったのですもの。無粋なことは若い衆にまかせて、わたくしどもはあちらへ。ね、ヨー・ハンさま。今晩は朝までたっぷりとわたくしを愛してくださいませ」

　心中に渦巻く暗い情念を胸にしまい、ジャスミンは男をふたたび閨へといざなった。

たとえなにがあろうとも、まずは客を朝まで存分にもてなさねばならぬ——それが遊女としての矜持《きょうじ》であり、彼女に負わされた重い宿命なのであった。

3

ぐしゃり、と草がつぶれて手のしたで滑った。青臭い匂いがほのかに立ちのぼり、ぬかるみにぬるりと手が埋まった。左手の提灯が心もとなく揺れ、たよりない光があたりをかぼそく照らしだす。やせ細った月もあてにはならず、灯りがとどくのはせいぜい手のとどく範囲ほどだ。それでも少女は、こぼれてくる涙を拭いながら目を凝らし、はいつくばって地面を必死に手でさぐっていた。頬には泥が涙のすじとなっているが、むろん少女はそれに気づくよしもない。

もうすっかり日は暮れた。頼れるのはかすかな月明かりと、小さな提灯だけだ。夕方の通り雨のせいで、草むらはたっぷりと水を含んでいる。泥水が染みた履き物がぐちゅりと不快な音をたてる。ひざにも水が冷たく染みてきた。妓楼に帰ればきっとひどく怒られるだろうが、いまはかまっていられない。少女にはどうしてもみつけなければならないものがあるのだ。

だが——

（ない……ない！　どこにもない！　どうしよう、どうしよう……）

目の前には、林にかこまれた廟が暗くそびえている。かすかな星空を背景に、木々は影絵の化け物のようにざわめいている。その前に建つ廟はさらに黒く、巨大な漆黒のモノリスと化して頭上から少女を威嚇する。あたりを覆う闇からは、獣とも鳥とも知れぬ奇怪な鳴き声が時折聞こえてくる。気の弱い娘なら、たちまち肝を冷やして一目散に逃げ出してしまうだろう。

が、少女はそんなことにもかまわぬほど、夢中に、必死に、かすかな赤いきらめきをもとめ、おいしげる草むらをかきわけているのだった。

（どうしよう、どうしよう。髪飾りが——母さんの形見が——）

少女にとって大事な大事な、何よりも大切なたからもの。銀色の八重の花びらのまんなかに紅玉がひとつあしらわれた小さな髪飾り。それは少女——遊女見習いのワン・イェン・リェンが生まれたときにただひとつ、母が残してくれた贈り物だったのだ。

イェン・リェンもまた、《ミーレの館》で孤児として育てられた。だから同じような境遇の他の子たちと同様、父も母も死んだと教えられてきた。だが、《館》の他の子たちとはひとつだけ、小さな違いがあった。生まれたばかりの彼女が《館》に預けられたとき、おくるみのなかにこの髪飾りがこっそりと入れられていたのだという。

もっとも、イェン・リェンはそのことを知らずに育ってきた。《館》では子らの親を決して教えぬ。親がわかってしまいそうな何かがあれば、それを徹底的に排除する。だから本来ならばこの髪飾りも、彼女が何もわからぬ赤児のうちにとりあげられてしまったはずだ。

しかし、その髪飾りをひそかに取っておいてくれたひとがいた。よく《館》を訪れていた医者で産婆のリナおばさんだ。イェン・リェンが病気になったときには、薬をこしらえて飲ませてくれたこともある。そのリナおばさんが、イェン・リェンが十になり、遊女見習いとして蓮華楼に入ることになったとき、彼女にこの髪飾りを渡してくれたのだ。

(これは、あんたの母さんからの贈り物だよ)

リナおばさんは、イェン・リェンの手に髪飾りをこっそりと握らせながら、耳もとでささやいたのだった。

(本当はこんなことをしてはいけないんだけれどもね。でも、あまりにも可哀相だから、お前にこれを返すよ。大事におし。わかったね)

——と。

以来、その髪飾りはイェン・リェンの大切な宝物になった。最初は死んだ母の形見だと思っていたが、いまは違う。遊女見習い《イェリャン》となり、廓でいろいろなことを見聞きするうちに、《ミーレの館》の子供たちは孤児ではなく、遊女の産んだ子なのだ、と悟ったからだ。

　それから、髪飾りはイェン・リェンにとって希望となった。自分には母がいる。そしてその母はきっと生きている。だから、これを持っていれば、いつかどこかですれ違ったときに、母が自分に気づいてくれるかもしれぬ。そうすれば、母が迎えに来てくれるやもしれぬ。そう思えるようになったからだ。

　だが、その髪飾りが——母と自分をつないでくれるはずの、たったひとつのよすががなくなってしまったのだ。

　昼、この廟に祈りを捧げに来たときに髪に刺していたのは間違いない。だが蓮華楼の部屋に戻って鏡をのぞいたとき、髪飾りがなくなっているのに気がついた。あわてて部屋じゅうを探してみたがどこにもない。途方に暮れて泣きそうになっていたとき、ふいに思い出したのだ。廟から帰ろうとしたときに、そばの草むらでつまずいて派手に転んでしまったことに——

（きっと、あのときに落としてしまったにちがいない。だから、絶対にこのあたりに落ちているはず！　ああ、どうしてこんなに暗いの……）

　時折、何かがきらりと光ってみえる。そのたびにはっとして駆けよってみるものの、たいがいはただの草の露だ。ちょっと前には何かが赤く光ったから、こんどこそ、と思って駆けよってみたら、そこにいたのは小さな草へびで、赤い目がこちらをきろりとにらんだものだから、思わず「きゃっ」と叫んでしりもちをついてしまった。もう暮れの二点鐘も鳴ったから、かれこれ二刻半《ザン》ほどもそんなことばかりをずっと繰り返していることになる。胸の奥底では、もう帰らなくちゃいけない、ひどく叱られてしまうとわかってはいても、それでもこればかりは探さぬわけにはゆかぬ。哀しくて、心細くて、自然に涙があふれてくる。少女は小さく嗚咽《おえつ》をもらしながら、冷たく濡れた草むらに手をつっこみ、泥をかき、肌身離さずつけてきた大切な髪飾りを探しつづけていた。

と、ふいに――

イェン・リェンのうしろでがさり、と大きな音がした。彼女はびくりとして振りかえった。次の瞬間、何かがしなやかな獣のように襲いかかり、彼女を抱きかかえた。イェン・リェンの口が大きな手でふさがれ、その小さな体が地面に押し倒された。少女の手から提灯が飛び、じゅっと音をたてて消えた。あたりは一瞬にして闇に閉ざされた。

「――きゃあっ！」

イェン・リェンは悲鳴をあげたが、ふさがれた口からはくぐもった音しか出ぬ。

「おっと、おとなしくしな」

耳もとで男のささやき声がした。その腕が少女の細い腰をぐいと締めつけてくる。

「やめて！」

イェン・リェンは必死に男の腕をはずそうとするが、妙にぬめぬめとしてうまくつかめぬ。まるで太い蛇かミミズのような感触に、冷たい怖気が全身を走る。

（いや……）

イェン・リェンは必死でもがき、すきを見て男の手にかみついた。

「いてっ！」

男は悲鳴をあげた。その腕がわずかに緩んだ。そのすきに少女は男の下からすばやくもがき出て、ここぞとばかりに大声で叫んだ。

「――いやっ、たすけて！　誰かっ！」

イェン・リェンは、草むらから飛びだそうとした。が、夜露に足をとられ、ふくらんだ服の裾に足がもつれた。

「あっ！」

イェン・リェンはまた小さく悲鳴をあげ、前のめりに転んだ。後ろから男がのしかかり、その手がふたたび少女の口をふさぐ。イェン・リェンはくぐもった悲鳴をあげながら、じたばたと暴れたが、男の力で押さえつけられてはもはやなすすべがない。

（ああ……）

少女の目からまた涙があふれ出した。自分の身に起こっていることが信じられなかった。このところ、西の廓で何人もの遊女見習いが行方不明になっていることはもちろん知っている。そのなかには、かつて《ミーレの館》でともに育った娘もいる。もし自分がそんな目にあったら、と怖くて夜中に目が覚めてしまったこともある。だがそれでも、自分はそんな目にはあわないだろう、とどこかで思っていたところもある。それなのに少女はいま、どこの誰とも判らぬ男に組みしかれ、まさに連れ去られようとしているのだ。これが悪い夢であってほしい、と少女は気の遠くなるような思いで願ったが、それがもはややかなわぬ祈りであることは明らかだった。

（もう、だめ……）

絶望するイェン・リェンの首に男の手が伸びてきた。のどの根もとがぐっと締めつけられ、少女の意識がふんわりと遠くなってゆく。

そのとき――

「――おい！　そこのお前、なにをしているんだ！」

よく通る、澄んだ声がイェン・リェンの耳を打った。

その、少し前――

マリウスは、ほとんど灯りもない狭い路地で途方に暮れていた。

ともかく、財布を掏られたことに気づくのに一瞬遅れたのが致命的だった。旅から旅の生活で鍛えられた脚にはそれなりの自信があるし、速さだけなら負けていなかったと思うのだが、それでもキタラを背負いながら身軽な相手――しかもこの遊廓をどうやら知りつくしているらしい相手を追いかけるというのは負担が大きすぎた。路地という路地をのぞきこんではみたものの、男の姿はもうどこにも見えぬ。マリウスはとうとうあきらめて、激しく息をつきながらその場に座りこんでしまった。

（なんだよ、ちきしょう）

なにしろ、あれが手持ちの全財産である。波止場近くの宿屋にはしばらくの宿代を前払いしているから寝床に困ることはないが、それを除けばもはやなにもできぬ。むろん、キタラさえあればいくらでも稼ぐ自信はあるし、なんといってもここは快楽の都たるタイスだ。たとえ身ひとつだって多少の危険をおかし、少々がまんしさえすれば――それこそ酒場の親爺が話していたサール通りとやらへでも出かけてみれば、いますぐにでもなんとかならないことはないだろう。が、そういうことは遠慮したいのが本音ではあるし、また一から稼ぎなおしかと思うとうんざりする。そもそも、こうして無一文になったのでは、こんな廓にいたところで遊びようもない。

だいたい、いくら自警団がおり、治安がよいといわれていようが、このような世界一の花街を考えごとをしながらぼおっと歩いていたなんてどうかしている。せめて面倒でも、両替屋に立ち寄って、金を手形に換えておくべきだったのだ。そんな不用心な様子でいたものだから、掏摸なんぞに目をつけられるのだ。マリウスは自分の迂闊を叱りとばしたい気分だった。それもこれも兄が暗殺されたなどという、やにわに信じがたい妙な噂のせいだ——と理不尽なやつあたりもしたくなってくる。

ここはおとなしく諦めて波止場の宿へもどるか、それともさっきの酒場の娘の誘いにのって、そこへ転がりこんでやろうか——と、マリウスが思ったときだった。

(——あれ?)

マリウスはふいに我にかえり、きょろきょろとあたりを見まわした。

(ここはどこだ?)

どうやら掏摸の男を夢中で追いかけているうちに、ずいぶんと廓の外れに来てしまったらしい。こんなに静かなところが廓のなかにあるものか、と思うほどにあたりはしんと静まりかえっている。とはいっても、まわりは高い塀に囲まれている廓である。あれほどに人があふれ、遊女や牛太郎の声がひっきりなしに飛んでいた仲通りから何百タッドも離れているはずもない。にもかかわらず、このような場所があるというのは、要するにすべてのものには表と裏の顔がある、というやつであるのかもしれない。

ぼんぼりや提灯で明るく照らされていた仲通りとは違い、この狭い路地にはあかりもまばらで、月も細い今夜はあたりの様子すらよくわからぬ。ただどこからか、かすかに波の音が聞こえてくる。マリウスは、その音が聞こえるほうへと歩いていった。と、すぐに高く黒い塀に突きあたった。

(ということは……)

居酒屋の店主の話では、西の廓はオロイ湖にはりだした出島のようになっているということだった。ならば、この塀は廓とオロイ湖とをわける境界なのだろう。

高い塀のわきには、狭い路地が塀に沿って続いていた。右のほうからはなんとなくにぎやかな気配が伝わってくるから、おそらく仲通りはそちらだろう。塀から路地をはさんで向かい側には、小さな長屋がならんでいる。廓で働くものたちの住み家なのやもしれぬ。どの家もしんと静まりかえり、闇のなかに打ち捨てられた廃墟のようだ。まるで噂に聞くサイロンのまじない小路の怪談ばなしのように、きらびやかな廓の仲通りから外れた奥には異世界へと通じる結界があったとでもいうのだろうか。マリウスの背筋をふいに冷気がはしった。

その思いを裏づけるかのように、路地の奥の突きあたりには、何かを祀《まつ》った廟らしきものがあった。それがかすかな月光に照らされてぼんやりと浮かびあがっている。あたりにはなんとなく、墓所で焚《た》かれる没薬のような煙たい香もただよっている。廟のむこうにはなにやら水面にゆらめくようなあかりもみえる。あるいは小さな池でも広がり、そこに月の光が反射しているかもしれぬ。そういえばそのあたりからはカエル《ランダド》の鳴く声も聞こえてくる。

（こんなところに廟が？）

マリウスはいぶかしんだ。

（そういえば、酒場の店主が話していたっけ。西の廓には、大火事で亡くなった遊女の魂を鎮めるために建てられた廟があるって）

（しかし、鎮魂の廟とは、なんだかぞっとしないけれど……）

マリウスは小さく身震いした。

妾腹とはいえ、まがりなりにもパロ聖王国の王子であったのだ。魔道にだって馴染みはある。黒蓮も使うし、小さな鬼火なら灯すことだってできる。たたりだの、幽霊だのという話だって子供のころからイヤというほど耳にしてきた。そもそも彼は吟遊詩人なのだ。請われれば怪談話のひとつやふたつ、語って聞かせて娘たちをきゃあきゃあ云わせるのだって雑作はない。

だが、その廟にはそのマリウスさえもたじろがせる、妖気のようなものがただよっているようだった。

（いやだなあ）

マリウスはぞくりとして身をすくめた。

（たたりだのなんだのなんて、そう信じるほうじゃないけど。でも、とっとと退散するとしよう）

マリウスは首をふって大きくため息をつき、三角帽をかぶりなおすと、足早にその場を離れようとした。

が、そのとき——

まさにその廟のほうから、がさがさっと草が揺れる音と、くぐもった女の悲鳴が聞こえた、ような気がした。

（うわあっ、なんだっ）

マリウスはびくりとして飛びあがり、及び腰に廟のほうを透かしみた。だが、どれだけじっと目をこらしてみても、その向こうに広がる闇しか見えぬ。届いてくるのはカエル《ランダド》の鳴く声と、湖からの波のさざめきと、木々の間を風がひょうと吹き抜けて葉を揺らす音、それだけだ。

（——気のせいかな。そうだ、そうに決まっている）

マリウスはどきつく胸を抑えながら、そろそろとあとずさりした。

なにしろ世界一といわれる花街である。客と遊女、あるいは遊女同士のちょっとしたもめごとなどは日常茶飯事だろう。そんなもめごとの声が、遠くから風に乗って聞こえてきたのに違いない。あるいはもめごとですらなく、単なる嬌声が悲鳴に聞こえただけなのかもしれぬ。

（どうも、妙にびくついているみたいだ）

マリウスは気を取りなおし、あらためてキタラを抱えなおし、廟に背を向けた。

だが——

「――いやっ、たすけて！　誰かっ！」

こんどは間違いなく、はっきりとした悲鳴が廟のほうから聞こえた。

（えっ？）

驚いて向きなおったマリウスの前に、小柄でほっそりとした娘と細身の男が飛び出してきた。娘は男から必死に逃げていたが、裾の長い服に足を取られて転んでしまった。マリウスが声を発することもできぬ間に、男が娘を組みふせた。なおも叫ぼうとする娘の口を、男の手が乱暴にふさいだ。娘は言葉にならぬくぐもった叫び声をあげながら暴れているが、男の力には抗いようもない。

（わわっ、どうしよう）

なにしろ暴力沙汰はめっぽう苦手だ。とはいえ、襲われている娘を放っておくわけにもゆかぬ。助けを呼ぶか、とも思ったが、あたりに人影はない。人を呼びにいっているうちに娘がひどい目にあわされてしまうのは間違いない。マリウスはうろたえながら、あたりをきょろきょろと見まわした。

ふいに雲の切れ間から月がのぞき、かぼそい青白い光が娘を照らした。その細いのどには男の手がかかり、ほどけた艶やかな黒髪が月光のなかで淡くゆれている。ほっそりとした小さな体と、細い肩にかかる絹のような髪、子犬のように怯えたその瞳――

マリウスの記憶のなかで、その姿が別の姿と重なった。鼓動がひとつ、大きく鳴った。

（――ミアイルさま！）

かつてマリウスが慈しんだ小さな少年。野心もなく、邪心もなく、ただ安らかに愛し、愛されることだけを望んでいた小さな公子。マリウスが初めて見出した、相似た魂をもつ少年。マリウスが弟のように愛したにもかかわらず、兄ナリスの無慈悲な手によって永遠に失われてしまった公子への悔やんでも悔やみきれぬ思い――それがマリウスの胸の奥にひそむ傷をふたたびえぐった。

（あんなこと……あんなことは……）

二度と起こしてたまるものか。

マリウスの肝がふいにすわった。マリウスはキタラを塀に立てかけ、そばに落ちていた棒を勢いよく拾いあげると、自分を励まして声を張った。

「――おい！　そこのお前、なにをしているんだ！」

男はぎょっとしたように顔をあげた。細身に奇妙なマントをはおり、フードの奥の双《そう》眸《ぼう》だけが月の光をかすかに映している。娘もまた必死の形相でマリウスを見つめた。涙に濡れた大きな瞳が、マリウスの目とあった。そのまっすぐなまなざしもまた、マリウスにはミアイルと重なって見えた。

マリウスは手にした棒をあらためて握りなおし、剣のようにかまえ、じりじりと男にせまった。男はちっ、と小さく舌打ちすると、腰のあたりからすらりと短剣を抜いた。

そのまま左手でぐいと娘を引きよせ、手にした剣をその喉もとに突きつけて人質にするかまえをみせた。もがいていた娘も、突きつけられた剣にひっ、と息をのみ、おとなしくなって動きをとめた。マリウスはくっと歯を食いしばった。

「その娘さんをはなせ」

マリウスは低い声で静かに云った。だが、警戒してマリウスのようすをうかがっていた男の態度に、次第にあざけりが浮かんできた。男はふん、と鼻を鳴らすと、馬鹿にしたようにいった。

「なんだ、あんたは。その妙ちくりんな三角帽——さては、吟遊詩人か」

男は、手にした短剣をちらつかせた。柔らかな月光のなかに、刃がゆらゆらときらめく。

「やめておきな、詩人。どうせろくに剣も持ったことなどないんだろう。余計なことに首を突っ込まないほうがいいよ」

云うと男は剣を持ちなおし、ふところから布を取りだして娘の鼻と口を覆った。娘は弱々しく抵抗するそぶりを見せたが、まもなくその全身から力が抜け、その場にくたくたと崩れおちた。男はもう娘には目もくれず、背筋をすっと伸ばして剣をマリウスに向けて突き出した。マリウスはごくりとつばを飲みこんだ。

「まあ、しょうがない。見られたからには、あんたもこのまま帰すわけにはいかないね」

男はつぶやくと、短剣を見せびらかすようにゆらゆらとふった。そして、いきなり無造作にマリウスに襲いかかってきた。そのダンサーを思わせるような俊敏な動きに、マリウスのうなじにちりちりとしびれるような感覚が走った。

だが、男は知るよしもなかったのだ。マリウスがかつては聖王国の王子として、宮廷でみっちりと剣の基本を教えこまれた身であるということを。むろん成績がいいとはいえなかったし、稽古もいやいやながらではあったが、それでもまだ体は習いおぼえた動きをしっかりと覚えている。そんな油断だらけ、隙だらけの攻めになど簡単にやられるはずもない。

馬鹿にしきったような男の突きを、マリウスは逃げることなく、逆に踏みこむようにして余裕を持ってかわしてみせた。男は勢いあまってたたらを踏み、驚いたように声をあげてあわててふりかえった。その瞬間、剣を握った男の右手に隙ができた。マリウスはそれを見逃さず、手にした棒で男の手首をしたたかに叩きつけた。男はうっとうめいて短剣を落とし、打たれた手首をおさえてひざをついた。男の後頭部ががらあきになる。マリウスはここぞとばかりに棒をふりあげ、男をさらに打ちすえようとした。

と、そのとき――

路地の向こうから、誰かが叫びながら走ってくる気配がした。男ははっとしたように顔をあげ、マリウスもびくりとして動きをとめた。そのすきに男はすばやく身を起こし、手首を押さえたまま、転がるように廟の奥へと走り逃げていった。その拍子にフードが外れ、束ねた黒く長い髪が大きく揺れて見えた。やかましく鳴き続ける虫の声のなか、草を踏む音が次第に遠ざかってゆく。マリウスは追いかけようとしたが、思いなおして棒を投げ捨て、ぐったりとした娘を抱えあげた。意識は完全に失っているものの、息はしっかりしている。みれば、まだ十二、三歳くらいとおぼしき少女である。色白でまつげが長く、整った顔立ちが実に可愛らしい。その髪からは清楚な花のような香りがただよってくる。どことなくヨウィスの娘をおもわせるようなお仕着せも、いまの騒ぎでだいぶ乱れ、汚れてしまってはいるがよく似合っている。大きく開いた襟もとからはだけてしまった細い肩がなまめかしくもいたいたしい。マリウスは娘を左腕に抱えると、隠しから気付け薬を取り出して娘の鼻のしたにあてがった。と、すぐに娘は軽くうめいて目を覚まし、黒目がちの大きな瞳でマリウスを見つめ――そして大声で悲鳴をあげた。

「きゃああっ！　いやあっ！　助けてえっ！」

娘はもがき、両腕でマリウスの胸を押しやり、彼の腕から逃れようとした。マリウスは慌てた。

「お嬢さん、お嬢さん！　落ち着いて！　だいじょうぶ、ぼくは味方だよ！　悪いやつはもう逃げていったよ！　お嬢さん！」

マリウスは必死に娘をなだめた。が、動転してしまった娘はいっこうに耳を貸そうとしない。すっかり手を焼いたマリウスの後ろから大きな声がかかった。少ししわがれた、野太い男の声だった。

「――おい！　その娘を放せ！」

マリウスはぎくりとしてふりかえった。

か細い月明かりゆえはっきりとは見てとれないが、がっちりとした男だ。こわそうな髪を刈り上げ、さほど背は高くないものの、荒い息に大きくはずむ肩はひろく、太い首から筋肉が盛りあがっている。左手に木刀を下げ、マリウスをにらみつける目だけがかすかにきらめいている。マリウスは慌てて立ちあがり、娘からはなれて相手をなだめるように両手をあげた。

「違う！　ぼ、ぼくは何もしてないよ！」

マリウスは両手を振りまわしながら必死に訴えた。

「ぼくはただ、この娘さんがさらわれそうになってたから……」

「うるさい！　だまれ！」

男は大声で恫喝《どうかつ》した。マリウスはまたびくりとした。

「さてはきさまか！　このところ、うちの廓のまわりでちょろちょろと悪さを働いていたのは！　とうとう見つけたぞ！　これから番所に引っ立てて、厳しく取り調べてやる。

覚悟しろ！」

「ち、違う！　違うってば！　ぼくはただ、たまたまここに通りかかっただけで……」

　マリウスは必死に訴えたが、男は聞く耳を持たぬようだった。手にした木刀を正眼に構え、じりじりとマリウスに向かってくる。マリウスは逃げだそうとすきをうかがったが、そのとき大事なキタラを置いてきてしまったことに気がついた。あれを放っていくわけにはいかないし、持って逃げようとすれば、たちまち捕まってしまうだろう――マリウスはひそかにほぞをかみ、しかたなく先ほど放りなげた棒を拾いあげた。あとから思えば、暴漢をあっさりとしりぞけたことで、少しばかり気が大きくなっていたのかもしれぬ。

「ほう、三角帽子の詩人さんよ。生意気に抵抗するのか」

　油断なく構える男の声に嘲りがまじった。が、マリウスの構えをみて、その口調が微妙にかわった。

「――お前、その構え」

　男は少し驚いたように云った。

「まったくのしろうとというわけじゃなさそうだな。剣がつかえる吟遊詩人などみたこともないが――ますますお前、あやしいな」

「…………」

マリウスはくっと奥歯をかみしめ、無言で棒の先を男の眉間に合わせた。男もあらためて、左手に持った木刀を構えなおした。よくみれば男の右の短い袖は空のまま、ゆらゆらと風に揺れている。マリウスははっとした。

（隻腕――？）

男が隻腕だというのなら、マリウスの力でも勝てるかもしれぬ。あるいは勝てないまでも、すきを突いて逃げられるかもしれぬ。マリウスの胸にそんな希望がかすかにともった。

その瞬間――

男がふいに殺気をみなぎらせ、マリウスにするどく打ちかかってきた。

（うわっ）

マリウスは小さく悲鳴をあげ、あわててその木刀を払いのけた。かしん、と乾いた音がして、マリウスの手にびりびりとしびれが走った。それはとても隻腕とは思えぬ鋭い太刀筋であった。マリウスはあっ、と叫び、小さくあえいだ。

（こいつ……）

かろうじて体勢をたてなおし、構えなおしたマリウスの背筋にまたしても冷たいものが流れた。

（やばい、こいつ、さっきのやつとは全然違う！　こいつは――こいつは、ほんもの、ほんものだ！）

あの細身の男の剣さばきはあまりにも雑で、いかにも我流で身につけたものであることがマリウスの目にも明らかだった。しかし、この男はまるで違う。隻腕ゆえに構えこそかなり変則ではあるが、無駄な力がみじんも入っておらず、動きも獲物を狙う豹《パルド》のように滑らかだ。巌《いわお》のようにどっしりと落ち着きはらい、悠揚迫らぬその態度からは、その体から発せられる気だけで相手を圧倒するような圧力が感じられる。とても歯の立つ相手ではない——かつて宮廷の剣術師範のまえにいやいや立たされたときのような威圧をマリウスは覚えていた。

（ああ、もう、ぼくはバカだ、大馬鹿だ！）

やはり余計なことに手など出すのではなかった——マリウスはあわてて両手を挙げ、降参して棒を投げすてようとした。

が、男はそのすきすらも与えなかった。いまの一合で、男もマリウスの力のほどをはっきりとさとったのだろう。その口もとに歪んだ笑みが浮かび、肩の力がすっと抜けるようすがマリウスにも判った。そして息つく間もあればこそ、激しくマリウスに打ちかかってきた。

もはやマリウスにはなすすべもなかった。かろうじて棒をにぎりなおし、相手の木刀に合わせたものの、それが彼の精いっぱいであった。みずから投げすてるまでもなく、マリウスのしびれた手から棒がまたたく間に飛んでいった。赤い提灯の薄明かりのなかに、獰猛な男の笑みが浮かびあがる。身を守るすべを失い、うさぎ《トーリス》のように無力になったマリウスは、声にならぬ悲鳴をあげ、今度こそなりふり構わず逃げようとうしろを向いて走りだした。が、男の太刀は容赦なく、そのマリウスのすねを横からしたたかに払った。

「――――っ！」

あまりの激痛にマリウスは声も出ず、すねを押さえてもんどり打ち、草むらを転げまわった。手のしたでみるみるうちにすねが腫れあがってゆく。

男は、悶絶しているマリウスの前に仁王立ちになると、鋭く気合いを発しながら、大きく振りかぶった木刀をマリウスの脳天めがけて振りおろした。涙ににじんだマリウスの目には、その動きが妙にゆっくりとしてみえた。

と、そのとき――

「――兄さん！　チェン・リー兄さん！　違うわ！　その人は違う！　その人じゃない！」

マリウスの背後から、少女のあわてた叫び声が聞こえた。が、そのときにはもう木刀はマリウスの頭に達しようとしていた。えっ、と驚いた男の声が聞こえたが、勢いのついた木刀の動きはとまらなかった。

遅いよ――と、マリウスは少女をうらめしく思った。その瞬間、頭にがん、と強い衝撃が鈍くひびき、目の前に派手に火花が散り――

それきりマリウスの意識はぷつりと途絶えてしまったのだった。

第三話　東の廓の陰謀

1

その部屋の壁のくぼみには、鬼火だけが青白くゆらめいていた。

三タッド四方ほどの小さな部屋である。窓はない。壁は岩を削りだしただけのそっけないものだ。装飾もなく、絨毯のひとつも敷かれておらぬ。部屋の半分ほどを占めている粗末なベッドを除けば、調度品とてない。ベッドの反対側には小さな扉がひとつ、それも外から鍵がかかっている。部屋というよりは、石牢と呼ぶほうがふさわしい。

当然である。なにしろ、地下にもともとあった洞窟を削り、かたちをそれらしくととのえただけのものなのだ。その空気はひんやりとして湿気を含み、じめじめした床からは冷気がのぼってくる。重たい静けさが空間に澱み、水の流れるかすかな音だけが外から聞こえてくる。

——快楽の都タイス。

そのきらびやかな街のしたにはもうひとつ、小昏い世界——広大な地下水路が広がっていることを、この街の住人であれば誰もが知っている。だが、それがどのように、どこまで広がり、どのようにオロイ湖につながり、そしてどのような生き物が生息しているのか、その詳細を知るものは誰もいない。

学者の言によれば、この水路はかつて巨大な火山が噴火し、その熔岩によって川がせき止められてオロイ湖が誕生したとき、その名残でできたものだという。むろん、それも推論にすぎぬ。だが、ともあれこの地下に広がる空間は、地上の街をもはるかに凌駕《りょうが》する規模である、ということを疑うものはない。

タイスの人々は、この地下水路をさまざまなかたちで利用してきた。そのなかでももっとも有名なのは、タイスの支配者たる伯爵の住まう紅鶴城の牢獄であろう。牢獄、といっても、それは罪人を閉じこめておくところではない。そこには絶えず水があふれ、ガヴィーと呼ばれる白い獰猛なワニのような生物が棲み、ひとたびそこに落とされればまず助かることはないといわれる死刑台そのものなのだ。

むろん、そうした怖しい用途ばかりではない。タイスには地下に広がる洞窟や水路を利用した地下室がそこかしこにある。そのなかには年中ほとんど温度が変わらぬ、ひんやりとした環境を利用した貯蔵庫もあれば、いざというときの隠れ家や抜け道として作られたものもある。またもはや誰がいつ作ったとも知れぬ、その存在すらほとんど忘れ去られたような部屋もいくつもあると云われる。そうした部屋のなかには、地上からは直接ゆけず、長い水路を通り抜けて、初めてたどり着ける部屋もあるという。この部屋もまた、そうした部屋のひとつである。

ただひとつの調度品であるベッドもまた、この部屋に似つかわしい、わら敷きのいかにも簡素なものだ。上にかけられた分厚い布も古く、あちらこちらがほつれており、長らく使うものなどなかっただろうことをうかがわせる。だが、いまは、そこには小さな主がいた。身を横にして、体を胎児のように丸めた年端もゆかぬ少女がひとり、夢ともうつつともつかぬまどろみに身をまかせ、ベッドの上に横たわっていたのである。

少女が身につけているのは、廓の遊女見習《イェリャン》いがよく着ているような絹の可愛らしいお仕着せだが、よくみればあちらこちらにしわができ、薄汚れている。とはいえ、その顔立ちはまるでパロの姫のように上品で、その丸くふっくらとした頬、ぷっくりとした小さな唇はとても愛らしい。閉じたままの目尻からは涙がひとすじ流れている。あるいは、恐ろしい夢でも見ているのかもしれぬ。それだけを見れば、要するに普通の——ただし美しい——廓の少女とかわるところはない。

しかし、少女にはひとつ、人の目を奪わずにはおかぬ特徴があった。その肌はまるで蜉蝣《かげろう》の羽のように透きとおり、まつげや眉毛、髪もまるで雪のように白いのだ。いまはまぶたが閉じられているゆえ、目にすることはできぬが、その瞳は玻璃のような淡い紅《くれない》に煌《きら》めいている。さよう——少女は生まれつき体に色素を持たぬアルビノなのである。

一風かわった美しい遊女見習いとして知られていたこのアルビノの少女、ヴェッラが拐《かどわ》かされ、地下の部屋に連れてこられてから、もう十日ほどが過ぎた。しかし、赤蓮の眠り薬をかがされ、穏やかな眠りのなかにたゆとうている少女には、どれほどの時間が過ぎたのかはわからぬ。無理もない。日の光など差しこまぬ部屋のなかで、夢ともうつつともつかぬまどろみのなかにおかれ、誰が運んでくるかも判らぬ簡単な食事をすませ、そしてまたまどろみのなかへ落ち——ということを、少女はずっと繰りかえしているのだ。もっとも、そのおかげで少女は自分の身に何が起こっているのかもよく判らずに、こうして薄暗い部屋でひとり、さほどの恐ろしさを感じることもなく、長い時を過ごすことができるのであったが——

だから少女は気づかなかったのだ。そのとき、扉のきしむ音がして、彼女を照らす鬼火がかすかな風に揺らめいたことを。そしてその青白いあかりのなかに、黒いマントに身をつつんだ怪しげな影が浮かびあがったことを。

深くかぶったフードに隠されたその顔はしかとは見えぬ。ただ、その目に鬼火がときおりかすかに反射して、冷たくきらめくのがちらちらとみえるだけだ。その奇妙な影は、少し離れたところから、まどろむ少女をただじっと静かに見つめていた。長いマントのすそのほうは闇に溶けるように見えなくなっているから、長身とも短軀とも判別がつかぬ。また男であるか女であるかも判らぬ。あるいは、もしかしたら人ではないのかもしれぬとさえ思わせる、妖気めいたものも感じさせる。もし、少女が目をさましてその姿を目にすれば、長き夢の果てに、ついに黄泉からの怖ろしい使者が訪れたかと、たちまち怯えて泣き叫んでしまったやもしれぬ。

だが、幸いにして少女は何も気づかぬまま、永遠とも思えるまどろみのなかに、その身をただよわせているのだった。その少女のようすをじっと見つめ続ける影は、ひそりとも動かず、音ひとつ立てるでもない。ただ遠くで水の流れるくぐもった音と、少女の小さな寝息だけがかすかに聞こえるだけだ。

しばらく少女の様子をうかがっていた影は、やがて何かに得心したかのように小さくうなずいた。そしてマントから右手を伸ばし、その指先で何やら呪文のようなものを空中に描くと、また小さくうなずいてくるりときびすを返した。そのとき、一瞬だけフードのなかにわずかに光が差した。そのかすかなゆらめきのなかに浮かびあがった口もとには、何やら無機質な——まるで闇に生きる妖しき生き物を思わせる冷たい笑みが浮かんでいた。

何も知らず、いつまでもまどろむ少女だけを残し、その小さな地下の部屋はまたしても静寂のなかに閉ざされたのであった。

「――イェン・リェン！」

ロイチョイの西の廓、サリア遊廓の最大の妓楼である蓮華楼。その奥にしつらえられた小さな部屋――

普段は誰も使っていないその部屋に入るなり、ジャスミンは驚いて声をあげた。てっきり別の部屋で休んでいると思っていた遊女見習いが、小さな椅子に腰かけ、部屋のすみに無造作に置かれたベッドの主をみつめていたからだ。

「ジャスミンさま」

少女もまた、突然の来訪に驚いたようだった。あわててふりむき、立ちあがる。手首に巻かれた包帯が痛々しい。その膝で眠っていた仔猫が、これまたあわてて床に飛びおり、にゃあ、と小さく抗議の声をあげた。三毛の背中にまっすぐ並ぶ三つの黒いぶちがかすかに波をうつ。仔猫は不満げにしっぽをぱたりと大きくふりながら部屋の隅へいき、そこでふたたび丸くなった。

「イェン・リェン、どうしたの。もうチェン・リーたちとのお話は終わったの」

「終わりました」

少女は小さくうなずいた。

「そう。ずいぶん早かったのね」

「だって、あたしはあの男のひとのこと、よくみてなかったから、あんまりお話しできることもないんです。痩せてたとか、髪が長かったとか、そのくらいで……だから、聞かれても何もお答えできなくて……」

「そう」

ジャスミンはそっとため息をついた。

「それにしても、お話が終わったなら、部屋で休んでいればよかったのに。あなただって大変だったのだから」

「あたしはもう大丈夫です」

少女はつんとして云った。

「もうどこも痛くなんてありませんし、休んでいてもしかたありませんから」

「でも、その手は？　ひどくくじいたようだとチェン・リーから聞きましたよ」

「こんなの、なんともありません」

少女はかたくなに云った。

「チェン・リー兄さんったらいつも大げさなんです。もう悪者もいなくなったんだし、終わったことをいつまでも怖がっているほど、あたしは子供じゃありません。それより、詩人さんのほうが心配。こうなったのも、あたしのせいですし。せっかく助けてくれたのに、あたしが勘違いして騒いだから――だから、詩人さんが目を覚ましたら、まっさきに謝ろうと思って」

「――まあ、それはいい心がけですけれどもね」

ジャスミンは小さく首をふってみせた。

「とにかく、怪我がひどくないのならよかったけれど。でも、そもそも誰が悪かったのかは、ちゃんと判っているのでしょうね」

「……判っています」

「みなさんにもきちんと謝りましたか？」

「はい」

少女はしゅんとしてうつむいた。そのうなじの奥に花びらのような、星のような、不思議なかたちの大きなほくろがのぞいている。

「謝りました。ノヴァルさまにも、ヤム婆さんにも、チェン・リー兄さんにも」

ノヴァルとは蓮華楼の楼主である。八年前の大火のあと、中心となって西の廓を再建し、以来、妓楼ギルド長を長らく務めている廓の重鎮でもある。ジャスミンは難しい顔をして云った。

「ずいぶんと怒られたでしょうね」

「はい。ノヴァルさまにも、ヤム婆さんにもとても怒られました。ノヴァルさまには、罰としてしばらく蓮華楼から一歩も出てはいけないって厳しくいわれて……。ヤム婆さんにもあとでいっぱい尻を叩いてやるから覚悟しておきなって。チェン・リー兄さんは笑って許してくれましたけれど」

「チェン・リーは、ほんとうにあなたには甘いのね」

　ジャスミンは苦笑した。

「でも、判っているでしょうけれど、あなたがやったことは、遊女見習いとして絶対にやってはいけないことなのよ。もうすぐ夜見世がはじまるというときに店を出て行ってしまうなんて。そのおかげで、ヨー・ハンさまにまでとても心配をかけてしまったんですからね。せっかく、久しぶりに来てくださったというのに」

「ごめんなさい……」

「ヨー・ハンさまもあなたのことをとても心配してくださったのですよ。あなたがいなくなったと判ってから、ずっと大丈夫か、みつかったか、とお気遣いくださってね。無事にみつかったと申しあげたら、それはほっとしておられましたわ。しかも今晩は気苦労だろうから、とそのままお戻りになられて……珍しいお土産もたくさんいただいて、しかもお泊まりのお代までお支払いいただいたようですのにね。とても申し訳ないことでしたし、わたくしとしても、ほんとうに情けないことでしたけれど」

「……………」

「本当にお優しいかた……。ミロク教徒のかたがたというのは、みなさん、あのようにお優しくて、欲がなくていらっしゃるのかしらね。遠くから連れてこられて、ずっと廓にいるわたくしには、あのような方がいらっしゃることがとても不思議ですけれど……だからわたくしもつい、ヨー・ハンさまには甘えてしまうのだわ。夜が明けたら、すぐにお詫びの手紙と品を届けさせなければいけませんね。あなたも、あとでちゃんとお礼とお詫びを申し上げるのですよ、イェン・リェン」

「──はい。ごめんなさい」

「ほんとに、困った子だこと」

ジャスミンはそっとため息をつきながら、少女の顔をのぞき込んだ。

「髪飾りをなくしてしまったそうね」

「……はい」

「馬鹿ね、あなたは」

ジャスミンは少女の髪をそっとなでた。

「そういうときにはあわてずに、ちゃんとまずわたくしなり、ヤム婆さんなりに相談するものよ。あんな、これから暗くなろうっていうときにひとりで飛び出していくなんてもってのほか。そんなものはね、あとで明るくなってから探せばよかったのよ。たとえ見つからなくても、またわたくしが同じようなものを作らせてあげます」

「──それはだめ！　そんなのだめだわ」

少女はきっとなってジャスミンを見つめた。

「そんなのだめです。あの髪飾りに、代わりなんてないんだもの。だって、あの髪飾りは、あたしの……」

「あのね、イェン・リェン」

ジャスミンは少し厳しく云った。

「あの髪飾りをあなたがとても大切にしているのはよく知っているわ。あなたのその気持ちもよく判るし、あなたがそういう気持ちを持っていることはけっして悪いことではない。でもね、あなたにとって、あの髪飾りがとても大切であるように、わたくしにとってはあなたがとても大切なのですよ。どんな理由があろうとも、あぶないことをしてはいけません」

「でも……」

「でも、じゃありません」

ジャスミンはさらに語気を強めた。

「いい？　なによりも大事なのはあなたなの。わたくしにとっても、蓮華楼にとっても。もう一度云いますけれど、髪飾りを大事に思うあなたの気持ちはわかります。けれど、今日のようなことをしてはだめ。わたくしはあなたを失うわけにはいかないの。まずは大人に相談なさい。わかりましたか？」

「…………」

「わかりませんか？　イェン・リェン」

「――わかりました」

少女はしぶしぶうなずいた。

「ほんとうに？」

「はい」

「そのわりにはわかったような顔をしていませんね」

「そんなことありません」

少女はまたにらむような目つきで首をふった。かたちのよい眉がつりあがって、まるで毛を逆立てている猫のようだ。ジャスミンはまた苦笑した。

「そう？　それなら、どうしてそんなに口がとんがってしまっているのでしょうね」

少女の唇の先っぽを、遊女の人差し指がちょんと軽くたたいた。

「あいかわらず、すぐに顔に出てしまうのね、イェン・リェンは。ま、素直でよろしいことですけれど」

「そんなこと……」

少女はむっとしたように、きゅっと唇を引っこめた。遊女は、少女の顔をのぞきこみ、そのちぐはぐな表情に小さく笑っていった。

「朝になったらすぐにチェン・リーに頼んで、髪飾りを探しにいってもらいましょうね」

遊女は少女の手をぽんぽんとかるくたたいた。

「明日になったら、ヨウィスのカードで占ってあげましょう。そうすれば、どこを探せばいいか、きっと判るでしょう。わたくしの占いはあたるから」

「ほんとに？」

少女の顔がぱっと明るくなった。その頰に小さくえくぼが浮かぶ。

「ありがとうございます、ジャスミンさま」

「ああ、やっと笑った」

ジャスミンは微笑んで少女の頭をなでた。

「ようやく、いつものイェン・リェンになったようね。よかった。あなたはやっぱり、そうして笑っているほうが似合うわ。わたくしはあなたの笑顔が大好きよ。それを覚えておいてね」

「はい！」

イェン・リェンは屈託ないようすで笑った。ジャスミンは少女をそっと抱きしめた。洗い髪の匂いがほのかにただよってくる。とにかく何があろうとも、この娘をいま失うわけにはゆかぬのだ。ジャスミンは遊女見習いの背中を優しくなでると、わきのベッドに目を向けた。

ベッドの主は、二人の会話も知らぬげに昏々と眠っている。額には濡れた手布がのせられており、その下で大きく腫れあがったこぶが痛々しい。その枕の横には三角帽がきちんとたたんでおいてある。見るかぎり、いかにも旅の吟遊詩人といった風情である。

「この方があなたを助けてくれたのね」

ジャスミンはベッドの脇の椅子に腰かけた。イェン・リェンも別の椅子をひいてきて、ジャスミンのとなりに並んで座った。

「こうしてみていると、とても優しそうな詩人さんなのにね。きっとずいぶんと勇気をふるってくださったのね」

「ええ。とても優しくて、とても勇敢な人。たぶん、名前はマリウスさんっていうのよ」

「え？」

ジャスミンは驚いてイェン・リェンをみたが、少女がいたずらっぽく笑っているのをみて、すぐに合点した。

「ああ、そうね。きっとマリウスさんね。あなた、あのお話が大好きですものね」

マリウスとは、パロに伝わる神話に登場する吟遊詩人の名である。カレニアの森の泉で水浴みをしていた月の女神《イリス》に恋い焦がれ、手の届かぬ相手と知りながらみつめているうちに、哀しみのあまりに最後は朝の光に溶けて霧になってしまったという悲劇の主人公だ。イェン・リェンが蓮華楼に奉公するようになったころ、ジャスミンはよく故郷の神話を語り聞かせてやっていたのだが、そのなかでもイェン・リェンが特にお気に入りだったのが、このマリウスと女神の悲恋を巡る物語であった。

「ええ。あたし、ずっとあのお話を聞きながら、いつかマリウスにあえたらいいなあ、と思っていたんです。だからきっと、このかたはマリウスさん。あたしを助けに来てくれた伝説の詩人なんだわ」

「そうかもしれないわね」

ジャスミンは微笑んで、少女の肩をそっと抱いた。

「さあ、もう遅いから、今夜はお休みなさい。あなたも大したけがはなかったとはいえ、ひどい目にあったのだから。あとはわたくしにまかせて」

「えっ？　でも、あたし、詩人さんにお詫びをして、お礼しないと……」

「その気持ちはわかりますけれど、でも、この分だといつ目を覚まされるか判らないでしょう。少し休まないと、だめ。ここはわたくしのいうことを聞いて、お休みなさいな。お礼はあとからでもできますから」

「でも……」

「イェン・リェン。いうことをきいて」

「――わかりました」

普段であれば、なかなか頑固でいうことを聞かないところもあるイェン・リェンだったが、さすがに自分がしでかしたことへの後ろめたさもあったのだろう。ここは素直にうなずいた。

「では、先に休ませていただきます。ジャスミンさま。おやすみなさい」

少女はかわいらしく礼をすると、少し離れたところにうずくまって眠っていたお気に入りの仔猫を抱きあげて、引き戸を静かに閉めて戻っていった。

その後ろ姿を見送ってから、ジャスミンはベッドに向きなおった。詩人はまだ目覚める気配もなく眠り続けている。ジャスミンはなにげなく、詩人の額からずれて落ちかかっている手布を直そうと手に取った。膏薬《こうやく》のにおいがつんと鼻を刺す。そのとき、彼女は吟遊詩人の容貌にふと既視感を覚えた。

(――あら?)

ジャスミンは眉をひそめた。

(このひと――この顔、どこかで見覚えがあるような……)

ジャスミンはあらためて、ベッドに眠る男の顔をまじまじと見た。

茶色がかった巻き毛にほっそりとした優しい顔だちで、まつげは長く、その口もとは眠っていてもどこか微笑みをたたえているようにみえる。その顔だち――というよりも、その雰囲気には、ジャスミンの記憶を妙にかきたてるところがあった。

（お客さま……？）

だがジャスミンは、一度でも床をともにした客のことは決して忘れぬ。女衒《ぜげん》に買われ、遠いタイスに連れてこられた少女のころこそ、ずいぶんと泣き暮らしてはいたが、それでも十七で遊女になると決まったとき、どうせならこの廓に君臨する最高遊女《ハオターリャン》になってみせる、と腹をくくったのだ。以来、自分の客のことならば、その名や人となりはもちろん、好みの酒や料理、ちょっとした性癖にいたるまで、決してわすれぬように努めてきた。そのため再びジャスミンのもとを訪れた男は、彼女が一度顔を合わせただけの客のことをなにもかも覚えていることに驚嘆し、好みを知り尽くした至れり尽くせりの饗応に満足し、閨での快感に溺れ、また幾度となく彼女のもとを訪れるようになった。わずか二年という異例の早さでジャスミンが高級遊女《ハオリャン》となることができたのは、その努力あればこそのことだ、と彼女は自負している。

だから、もしこの詩人が一度でも客となったことがあったのなら、ジャスミンはその何もかもをたちどころに思い出せるはずだ。

だが――

（思い出せない。だから、たぶん……）

客ではない。ジャスミンは眉をひそめた。

（ということは、わたくしが水揚げされるまえ……それともタイスに連れてこられるまえの――？）

いずれにしてもそれはおそらく、遠い遠い昔のことになるが――

彼女はしばし記憶をさぐったが、どうにも思い出せぬ。

（やっぱり気のせいかしら）

そう思ったとき、彼女の目にあるものがとまった。それはベッド脇の台に無造作におかれたペンダントだった。

（これは、詩人さんのもの――？）

ジャスミンはなにげなくペンダントを手に取り、しげしげと眺めた。

（――とても見事なものだわ）

遊女は心のうちでつぶやいた。

（金銀が品よくあしらわれて、細やかで美しい細工で。わたくしもなかなかみたことのないような……このような細工ができるのは、おそらくはパロ、それもクリスタルの――）

（こういってはなんだけれど、どうしてこんなに高価そうなものを、このマリウスさんは持っていらっしゃるのかしら――あっ）

ジャスミンははっとした。どこかを触った拍子に、なにかの仕掛けがはたらいてペンダントが開いたのだ。

その途端――

(――えっ？)

目に飛びこんできたものを見て、ジャスミンは凍りついた。そこには、幼い少年を抱いた美しい女性の絵が描かれていた。それは一見なんのへんてつもない、どこにでもありそうな母と息子の肖像画であったのだが――

(この絵――この絵！　この絵は……！)

ジャスミンは思わず小さくあえいだ。さきほど、詩人の顔に覚えたものと同じ既視感が、再びジャスミンのまぶたをよぎったのだ。それも先ほどよりも強く。

(この絵――そう！　間違いないわ――この絵、わたくし、確かに見たことがある)

(あれはいつのことだったかしら。でも、そう。タイスに来てからではないわ。絶対に違う。こんな母と子をモチーフにした絵なんて……)

ロイチョイに――この欲望の街にあるわけがない。

(だから、たぶんわたくしがまだ幼いころ――こちらに来るまえ、アムブラで母と暮らしていたころに……)

封印していた古い記憶の波が彼女を襲ってくる。彼女は震える手でペンダントを裏返し、元に戻し、しげしげと眺め、さらにふたの裏をのぞきこみ――

（あっ！　これは！）

ジャスミンは驚愕した。そこには頭を勇ましく振りたてた一角獣と、大きく翼を広げて周囲を睥睨《へいげい》する鷲《わし》とを組み合わせた紋章が描かれていたのだ。

（この紋章——これは、パロのアルシスさまの……亡くなった大公さまの紋章だわ！）

ジャスミンの時間が急速に巻き戻っていった。遠い、遠い、いまとなってはまるで前世の記憶のように遠くなってしまった日々へ——パロで家族とともに暮らしていた、幸せだった少女の日々へと。遊女の心はタイスの遊廓から星空へと高く舞いあがり、幼い日々を過ごしたアムブラへ——そして小さな侍女として勤めていた、北クリスタルのアルシス大公の別邸へと飛んでいった。

次第に鮮明さを増してゆく遠い記憶。その奥から、邸の玄関に飾られていた大きな肖像画がよみがえり——

ジャスミンは息をのんだ。

（ああ、ああ、なんてこと！）

（そうだわ。これはあの絵だわ。あの絵とそっくりだわ！）

（だとしたら、この絵は——この貴婦人は、まさか、デビ・エリサ——？）

ジャスミンは耐えかねて目を手でおさえた。

（そう、間違いない。この絵はエリサさまだ。あのころ、わたくしは毎日のように、エ

リサさま本人も、この肖像画も目にしていたのだもの……でも)

(でも、なぜ——)

ジャスミンはくらくらとかすみそうな目で詩人の顔を凝視した。そのふわふわとゆるやかに波うつ巻き毛を。まるで少女のように長いまつげに封じられた目もとを。すんなりと通った貴族めいた鼻筋を。日に焼けたばら色の頬を。そしていまにも笑いだしそうな、火がついたように陽気にしゃべりだしそうな口もとを——

ふいに遊女の記憶が焦点を結んだ。彼女の心に浮かびあがってきたのは、かつて北クリスタルの邸でともに時を過ごした幼い少年の顔だった。いつもよく笑い、広い庭を駆けまわり、花を愛で、小鳥とともにほがらかに歌っていた少年。そのかたわらにはいつも美しい母——デビ・エリサが寄り添い、微笑みながらその姿をみつめていた。それは——

(——ディーンさま!)

ジャスミンは大きくあえいだ。

(まさか、まさか——!)

(ああ、でもそう。この詩人さんには確かにディーンさまの面影がある。まだとても幼かったディーンさまの……)

(でも、まさか、そんなことって——だってディーンさまは——王子さまだもの!　あの、パロの聖王家の——でも、この面影、この絵、この紋章——ああっ！）

ジャスミンを激しいめまいが襲った。遊女はやっとの思いでペンダントを閉じ、台に戻すと、椅子の背に寄りかかり、胸もとの瑪瑙を握りしめながら、目を閉じて深く、深く、なんども息をした。のどもとを強く打ちつけていた鼓動が、ようやく少し鎮まってくる。ジャスミンはかすむ目で詩人を見つめた。

（ディーンさま……あなたはディーンさまですの？　——いいえ、いいえ！　そんなことはありえない！）

（でも、もし——もし、そうなのだとしたら、いったいどうしてこんなところに——？）

（パロ聖王家の王子であるあなたが、なぜ吟遊詩人に姿を変えて、タイスの遊廓などに……）

かつて幼い日々に読んだ童話——ある国の王子がひょんなことから旅芸人の一座に加わり、世界じゅうの珍しい土地を旅する物語をジャスミンはふいに思い出した。あの王子は、父王の戴冠式のパレードで見かけた美しい外つ国《とくに》の少女が忘れられず、そのすがたを求めて王宮を抜け出したのであったが——

（まさか、わたくしに逢いに——などということはないでしょうけれど……）

そもそも自分がここにいることなど、ディーンが知るはずもない。かつてエッナという侍女が邸にいたことなども、幼かった王子はとうに忘れているだろう。ジャスミンが彼のそばで勤めていたのは、もう十数年も前のことなのだ。

（それにしても、なんて遠い日々なのでしょう――）

おだやかで幸せだった幼い日々――そして、それが暗転した日の記憶が、ジャスミンの脳裏を駆けぬけていった。アルシス大公が亡くなり、エリサがそのあとを追い、遺されたディーンがマルガに引き取られたときに、暇を取らされて父母のもとへ戻ったこと。その後、実家を悲劇が襲い、一家はまたたく間に貧困におちいり、母がやむなくアムブラのあいまい宿で働きはじめたこと。そのあいまい宿の主人がジャスミンに目をつけたこと。そして借金のかたに、ジャスミンを売れと母に迫ったこと――

女衒に連れられてゆく彼女を大声で泣き叫びながら見送っていた母。その母の名を必死に呼びながら、抗いようもない男たちの力で馬車に押しこめられた自分。その目の前で容赦なく閉じられた扉。そのときの光景がジャスミンのまぶたに浮かんで消えた。それは、アムブラの無垢な少女がひとりこの世から消え去り、タイスの遊女がひとり生まれた瞬間だったのだ。

（ディーンさま、あなたはもちろんご存じないでしょうけれど――もし、デビ・エリサがいなければ……そしてあなたがこの世に生まれなければ）

（わたくしはこんなタイスの娼婦になど、身をやつすことはなかった……）

（わたくしはどれほど自分の運命を呪い、亡くなったエリサさまを恨み、遠いマルガへと去ってしまった幼いあなたを妬《ねた》んだことか――）

その呪詛のような思いも、タイスで暮らした長い日々のなかで薄れていき、もうまもなく年季明け、遊女としての日々も終わろうか、というときをようやく迎えたというのに。

（ああ、あなたがほんとうにディーンさまなら……）

（なぜこのようなときに、なぜこんなにも突然、いったいなんのために、わたくしの前に姿を現したのですか）

（よりによって……よりにもよってこんなときに……）

ジャスミン・リー――かつて遠い昔、パロではエッナと呼ばれていた美しい遊女は、こぼれる涙を拭おうともせず、ただじっと詩人の――あるいは遠い国で暮らしているはずの若い王子の顔をみつめていた。その胸には、いまではもう遠く、はるかに遠くなってしまったクリスタルでの幸せな日々の思い出と、目の前で眠る吟遊詩人――あるいは王子への複雑な愛憎が、激しく渦巻いていたのだった。

2

その同じ夜——

蓮華楼の美しい遊女が、よもやの再会にこころ乱されていたころ。

西の廓から大通りをはさんだ向こうに広がる東の廓、その奥のさらに奥、どぶと魚の腐ったような臭いがただよう狭い路地を、その男は足早に歩いていた。

夜は、深い。だが、この街が寝しずまったようすはみじんも感じられぬ。こんな奥まった路地でさえ、あたりからは客や遊女の大きな笑い声や嬌声、泣き声のようなあえぎ声が降ってくる。阿片とも紫煙とも、あるいは煮炊きのものともつかぬ煙が濃い霧のように立ちこめて、目やのどを容赦なく攻めたてる。刺激に弱いものであればたちまち涙を流しながら激しく咳きこんでしまっただろう。

しかし、その長軀にマントをはおり、フードを深くかぶって顔を隠したその男は、そのような声も澱んだ空気も、夏の名残りの蒸し暑ささえも、まるで蹴散らすように歩を進めているのだった。じめじめとした路地のぬかるみからは、高々と泥が跳ねてくる。

だが男はそれを気にするようすもなく、なにごとかをぶつぶつと呪詛のように吐きちらしながら歩いていた。

西の廓と同じく、東の廓も夜を知らぬ。むしろ、伝統と豪奢を鼻にかけているかのような西の廓に負けてたまるか、とでもいうように、未明の六点鐘を過ぎてなお灯りの消えぬ妓楼も多い。その灯りも西の廓のように統一されてはおらず、それぞれの見世が思い思いに提灯をかかげているものだから、とにかく雑然とした印象を与える。絢爛としたきらびやかさでは西の廓に及ぶべくもないが、騒然としたにぎやかさなら東の廓のほうが断然上だろう。

ごちゃごちゃと建ちならぶ大小さまざまな妓楼や賭場のあいだを暗い路地があちらこちらへ複雑にのびており、そこを行きかうのはいかにも一癖も二癖もありそうな男たちである。どれもいちように下卑た笑みを浮かべ、服もだらしなく着崩して、なかには上半身はだかのものも多い。そこにこれまた乳房がこぼれんばかりに胸もとを大きく開けた娼婦たちが腕をからめて歩いているのがちらほらとみえるのも、西の廓とは大違いだ。

酔っぱらった男たち、女たちの酒臭い息と饐えた汗の匂い、どことなくただよってくる吐瀉物の臭い――西の廓を象徴するのが香と脂粉の匂いなら、東の廓を象徴するのは、その愚かしくも生々しい欲望のなれの果てをあらわすような臭いかもしれぬ。

しかしその男は、そのような欲望になどまるで興味がないかのようにあたりを見向きもせず、表通りに背を向けて、入り組んだ路地に迷う気配すら見せずにひたすら廓の奥へ、奥へと向かっていたのだった。

その顔はフードの奥にあって暗く、その表情をうかがい知ることなどできぬ。だが、もし、闇をも見とおすヤーンのごとき千里眼を持つものが男の貌《かお》を見たならば、さぞかしぎょっとしたことだろう。その肌はまるでゾルーディアのミイラのように青ざめ、目は流行やまいに冒されたかのように赤く血走り、その吐息には瘴気を思わせる腐臭が漂っていたからだ。もし魔道や占いを多少なりともたしなむものがいれば、即座に感じとったであろう。いまや男を確実に捕らえようとしているドールのかぎ爪、《死》そのものの臭いを。

だが男は知らぬ。自らがいまや死のあぎとにとらわれようとしていることを——否、知ろうとせぬ、と云ったほうが正しいかもしれぬ。男は身に迫りくる《死》から目を背け、深い海の底に引きずりこまれてもなお空気をもとめてあえぐ遭難者のように、無意識のうちにもがき、あがき、のたうっていたのだ。

そして男はようやく、一軒の私娼宿にたどりついた。猥雑な東の廓を象徴するかのように、ひときわけばけばしく、みだらに、ねっとりとした空気をまとわりつかせた娼婦の館——その東の廓で最大の淫売宿《ボラボラ》亭の前でしばしためらったあと、男はついに意を決し、よろめくような足取りで娼館に入ると、主への面通りを願ったのであった。

「久しぶりだな、ラオ。二度と会うことはないと思っていたが」

大きなソファに寄りかかり、両脚をテーブルに投げだして、《ボラボラ》亭の主たるリュウ・マンジュは云った。そのままだらりと葡萄酒をすする。

「いまや西の廓のたばねともあろうお前が、わざわざこんな私娼窟まで足を運んでくるとはな。どうした。なにかあったか」

「…………」

「おい。黙っていてはなにも判らんぞ」

マンジュは薄く笑った。

「まあ、まずは座ったらどうだ。そんな真っ青な顔をして、そこに突ったっていられると俺も落ちつかんでな。──ほれ、お前も一杯やれ」

マンジュはテーブルに置いたグラスに手ずから葡萄酒を注ぎ、正面に立つ男のほうへ押しやった。それを見て、男──西の廓最大の遊廓、蓮華楼の楼主たるラオ・ノヴァルも向かいのソファにようやく腰をおろした。おろすなり、グラスを取って一気にあおる。

そのようすをマンジュは目をすがめて観察した。もう何年も顔を合わせていなかった相手だが、その容貌は記憶とさほど変わっておらぬ。その温厚そうな顔つきも、それでいてどこか鋭い眼光も、いつもうっすらと笑みを浮かべているような口もとも。だが、その顔色は蒼白で、その態度も彼の特徴であった悠揚なところが失われているようだ。それは、このひさびさの再会――それも多少なりとも事情を知るものがいれば、まさかこの二人が同室し、酒を酌みかわすことがあろうとは、と仰天してしまうであろう奇妙な再会がゆえであったのかもしれぬ。

「はて、お前と会うのは、何年ぶりになるかな、ラオ」

「――七年ぶりだ」

ようやくノヴァルがつぶやくように云った。

「お前が東の廓へ移り、俺が西の廓を再建したときに袂を分かって以来だからな」

「そうか。早いものだな」

「ああ」

「元気だったか」

「まあ、見てのとおりだ」

「そうか」

豪奢な調度品がならぶ部屋には、煙草のにおいが強くたちこめている。マンジュは空になったグラスに葡萄酒を注いだ。

「で、いったいなんの用だ。こんな時分に前触れもなくひとり、よりにもよって俺のところを訪ねてくるとは。よほどのことだろうと思わざるをえぬが」

「それがな……」

と云ったきり、ノヴァルはふたたび沈黙した。

西の廓を率いるラオ・ノヴァル、そして東の廓の首領たるリュウ・マンジュ——

いまや世界最大の歓楽街の覇を競いあう巨大な廓ふたつの長として、不倶戴天の敵同士であると知られる二人である。こうして向かいあい、おだやかに言葉を交わしているようすを誰かが目にすればたちまち肝を飛ばし、またたく間に噂となってタイスじゅうを駆けめぐることだろう。

だが、若かりし日の彼らは、毎晩のようにこうして交わりを深めていたのだった。

二人はかつて、ともに西の廓の由緒ある妓楼の跡取りとして育ち、ともに遊んだ仲であった。そして、いずれは廓の中核たる存在として、未来永劫の発展の礎をさらに強固なものとするであろうと周囲からも期待されていたのである。

だが先年、タイスを襲った未曾有の大地震により、西の廓は大火に見舞われた。きらびやかに軒を連ねていた妓楼のほとんどが灰となり、何百人もの遊女が命を落としたその火事が、二人の運命を大きく分けることとなった。

西の廓を失った妓楼主たちは、今後の方針を巡って幾度となく激しい議論を交わした。あるものは五百年の歴史を誇る西の廓を途絶えさせるわけにはゆかぬ、と再建を強く訴え、あるものは莫大な資金を要する再建をあきらめ、それぞれに新たな道を模索すべきだと主張した。その前者を率いたのがノヴァルであり、後者の急先鋒となったのがマンジュであったのだ。

長きにわたったその議論はやがて決裂し、ついにマンジュを中心とする一部の妓楼主たちは西の廓と袂を分かった。彼らは焼け野原となった西の廓を捨て、当時は小さなあいまい宿や出会茶屋ばかりが建ちならんでいた東の廓に移り、私娼宿を営んでいくことに決めたのだ。

当初、その決断は大いに功を奏した。これまでの西の廓よりも気楽に安く遊女を抱ける東の廓に、男どもが大挙して押しよせたからだ。しかもその遊女のなかには、これまで手の届かぬ高嶺の花であった西の廓の高級遊女《ハオリヤン》──かろうじて火事を逃れたものの焼けだされ、行き場を失っていた傾城《けいせい》の美女たちも含まれていたのだ。目の色を変えた男どもは、ここぞとばかりに美しい遊女を左右にはべらせ、料理に舌鼓を打ち、美酒に酔った。東の廓は一気に活況を呈し、私娼宿の数もまたたく間に増えた。タイスの市民の間でも、西の廓はもはや過去のもの、これからは東の廓の時代がやってくる、とおおいに噂されたものだった。

だから火事から半年が過ぎ、ノヴァルらの手によって西の廓の再建がはじまったときも、人々の反応は冷ややかであった。その成就に莫大な資金が必要であることは誰の目にも明らかであったし、それを妓楼主たちだけの手で用意するのはとうてい不可能であろうと思われたからだ。

　ところがついに西の廓の再建が成り、火事からおよそ一年半ぶりに大門が開いたとき、人々は驚愕したのであった。大門の向こうにすっと延びる仲通り、その脇に建ちならぶ遊廓は、以前にも増してきらびやかで美しく、壮麗にして雄大なたたずまいを誇らしげにみせていたのである。

　通りには豪奢な花々がこぼれんばかりに咲き誇り、籬の向こうからは白い手をひらひらと伸ばして美姫たちが妖艶に誘う――第三天国もかくやとばかりの地上の楽園に、男どもはたちまち魅了され、浮き世を忘れて淫らに酔った。その評判はまたたく間にタイスを超えてクム全土へ、中原へ、世界へと広がり、西の廓は以前に勝るとも劣らぬ活況を取りもどした。そしてクム大公タリオのお墨付きを得て、クム随一の公認遊廓としての格も再び手にした。西の廓はまさしく自ら炎に身を投じ、灰のなかから若い不死の姿でよみがえるという炎の鳥の伝説さながらに、鮮やかな復活を遂げたのであった。

　一方、その復活劇におおいに打撃を受けたのが東の廓であった。西の廓の復活などありえぬ、と高をくくっていた廓の主たちは、西の廓に代わる公認遊廓として認められんとして大公に働きかけていた。だが、それが成就しようとした、まさにそのときに西の廓が復活し、その野望は泡と消えたのだ。

それを機に、西と東の立場は再び逆転した。西の廓がたちまち活況を呈すると同時に、東の廓への客足は途絶えがちになった。必定、遊女の質は落ち、揚げ代は下がり、それがさらに質の低下を招くという悪循環に陥った。そして一部の楼主たちは、背に腹は代えられぬとばかりに、公認の遊廓であればあるまじき、ご法度とされる淫蕩《いんとう》にして嗜虐《しぎゃく》的な遊びをひそかに提供するようになった。それは、クム大公の耳に届けばただちに取りつぶしとなりかねぬ非道な遊びであったが、それでもその苦肉の策が、東の廓の没落をかろうじて食い止めたのも事実であった。

「まことと、お前さえおらねばな」

ノヴァルが口を開かぬとみて、マンジュは云った。

「いまごろは俺こそが、いまのお前の立場に――このロイチョイ最大の廓の長としての立場にあったかもしれぬ、と思うとなかなかに口惜しい。さすがは我が最大の友にして、最大の好敵手だな、ラオ」

「ふん。心にもないことを」

ノヴァルはつぶやくように云い、グラスをいじって逡巡していたが、ついに意を決したように云った。

「実はな、リュウ。お前も知っていると思うが――このところ、うちの廓で遊女見習い《イェリャン》が何人も行方知れずになっている」

「――ああ、聞いている」

「そして今日はとうとう、うちの遊女見習《イェリャン》いも掠《さら》われかけた。それも、いずれはうちの看板を背負うだろうと目されている娘がだ」

「ほう」

マンジュはちらりとノヴァルをみた。

「それは、災難だったたな。――それで」

「そこでだ。昔なじみのお前に折り入って聞きたいことがある」

「なんだ」

「あの闇妓楼《やみぎろう》が復活した――という話を聞いたことはないか。この東の廓でな」

「ふむ」

マンジュはあごをなでた。

「闇妓楼――とはさて、なんだったかな」

「しらばっくれるな。大火事のあと、まだ西の廓を再建するや否やで、楼主らが侃々《かんかん》諤々《がくがく》とやりあっていたころ、突如として現れた――本来ならばご法度の、年端もいかぬ幼い娘たちを並べて抱かせていた妓楼だ。例の《悪魔》がはじめたあくどい商売よ」

「悪魔」

マンジュはわざとらしく首をひねってみせた。

「はて、悪魔とな。悪魔とは、誰のことかな。思いあたるものと云えば——ヴァーナ教のセトー、ヤヌス教のドール、ミロク教のマーラ、北方のヘル、南方のイシュタム、キタイのベイドゥ……まだまだいるだろうが、残念ながらいずれもまだ面識はない」

「つまらぬ韜晦《とうかい》をするな、リュウ」

　ノヴァルはいらいらと云った。

「あの《悪魔》だ。ここロイチョイで悪魔といえば、あの男に決まっているだろう。タイスきっての美貌の持ち主とたたえられながら、巧みな性事で何人もの豪商や貴族を手玉に取り、おのれに溺れさせ、正気を失わせ——そして身も心もすべてを吸いあげては冷酷に捨て去り、何人もの男たち、女たちを破滅させ……そのなかには自ら命を絶ったもの、あるいは気狂いとなったもの、貴族の娘でありながら淫婦となりはてたものもいた、あの——」

「ああ」

　マンジュは大仰に手を叩いた。

「あいつか。あの男娼か。タイスの悪魔のことか。なるほど。あの闇妓楼か」

「そうだ。七年前の、あの闇妓楼事件のことだ」

「あの事件は、とうに解決しただろう。あのとき、俺とお前で闇妓楼を完全に叩き潰したからな。残念ながら、幼い遊女たちは哀れにもみなくびり殺されて地下水路に流され、

《悪魔》はどこぞへ姿を消しておったが。あれきり、ロイチョイできゃつをみかけたという話は聞いておらんぞ」

「だが、その《悪魔》が戻ってきた、という噂がまことしやかに流れているのだ。そして闇妓楼をふたたび開いたという——俺の調べたところでは、それは間違いないようだ。じっさい、闇妓楼にでかけて幼い女郎を抱いてきたものがいる、という話を何人からも耳にしたからな」

「ほう」

マンジュは葡萄酒をすすった。

「それは、それは。ほぉ、あやつ、戻ってきていたのか。そして闇妓楼をな。ふむ」

「なにをのんきにかまえている」

ノヴァルはいらいらと云った。

「闇妓楼だぞ？　《悪魔》だぞ？　早めに手を打たんとまずいことになるぞ」

「別にのんきなつもりはないが——」

マンジュはノヴァルの眉間に深く刻まれたしわ、やや落ち着かなげに動く目をじっとうかがった。

「——どうもおかしいな、ラオ」

「なにがだ」

「俺にはどうにもお前の真意をはかりかねるのだが——要するにお前は、東の廓で闇妓楼が復活した。それには《悪魔》が絡んでいる、というのだな」

「そうだ」

「ふむ。まあ、お前がそういうのならば、そうなのだろうが——そうだとして、それのなにが問題なのだ？」

「——なんだと？」

「別にかまわんではないか。闇妓楼が復活しようが、《悪魔》が戻ってこようが」

「リュウ！　馬鹿なことをいうな！」

　ノヴァルは驚いたように云った。

「闇妓楼は、ご法度だぞ！　大公さまが厳しくいましめておられるご法度だ。そんなものが東の廓にあると知れたら、お前はいったいどうなるか……」

「どうにもならんと思うがね」

「なに？」

「東の廓は西の廓とは違うからな。俺たちの廓は大公さまからお墨付きをいただいているわけではない。ただの私娼宿のあつまりよ。みなが勝手に娼婦をあつめ、それぞれに勝手に商売を営んでいる。たまたま、それが一個所に集まっているというだけで、お前たちのように妓楼ギルドをこしらえているわけでもない。そんななかに一軒、闇妓楼があったからといって、それが俺になんの関係がある？　俺にはなんの責任もない。ギルド長でもなんでもないのだからな」

「………」

「仮に西の廓に闇妓楼がある、となれば、それは西の廓にとっては大ごとだろう。大公さまのお墨付きをいただきながら、そのご法度に触れるのだ。当然、公認は取り消され、ギルドの連中は厳しく責任を問われることになる。ギルド長たるお前も重罰を受けるだろう。廓の評判は地に落ち、没落は免れまい。だが——東の廓は違う。公認でもない。ギルドもない。むろん、闇妓楼が見つかれば、その楼主は罰せられるだろうが、それで終わりだ。他の楼主にはなんのおとがめもない。あるわけがない。知らなかった、といえば終わりだ。それですべては終わり、東の廓もそのまま続くだろう。そもそも、いまでも東の廓にはご法度ぎりぎりの——あるいはその向きの胸算用ひとつでご法度とされるような妓楼が山ほどあるのだ。いまさらその手の妓楼がひとつやふたつ増えたところで、なにがかわるというのだ」

「それは……」

「あのころとは違うのだよ、ラオ。西の廓を再建するか、東の廓に移るかでやり合っていたあのころとは。あのころはいずれにしても、大公さまのお墨付きをいただくのが前提だったが、いまは違う。俺たち、東の廓の楼主たちは、もはやお墨付きをいただくことなど考えていない。廓としての格などいらん。食っていくためならばなんでもやる――それがいまの俺たちなのさ」

「だが――だが！」

　ノヴァルはいきり立った。

「今度ばかりはそうも云ってはおられぬぞ、ラオ。すでに西の廓から何人もの遊女見習い《イェリャン》が姿を消しているのだ。どう考えても俺には、それが闇妓楼と無関係であるとは思えん。いや、無関係だと思うものなどどこにもいないだろう。そして、そうであるならば――西の廓から掠われた遊女見習いが、闇妓楼で薄汚い客の閨の相手をさせられているとなれば、お前とて――東の廓とて、そう悠長にかまえてなどおられぬぞ。西の廓は東の廓を絶対に許さぬ。遊女見習いは廓の宝だ。その宝を奪われ、蹂躙されたのだ。西の廓のすべての楼主が、あらゆる手を使って東の廓をつぶしにかかる。そうなれば厄介だぞ、リュウ。なにしろ、西の廓には大公さまのお墨付きがあるのだ。お前たちは大公さまをも敵にまわすことになる。それでもよいのか」

「ふむ。まあ、確かにな。そうなれば厄介かもしれぬが――ま、その闇妓楼が西の廓の神隠しにかかわっているならば、の話だが」

「かかわっているにきまっているだろう。それ以外になにがある」

「俺は必ずしもそうは思わんがね」

「なに？」

「それよりも――」

マンジュは顎をなでた。

「まだ、どうにも解せぬことがあるぞ、ラオ」

「なんだ」

「そもそもだな。なぜお前はそれほどに俺たちのことを――東の廓のことを気にかけているのだ？　別にそのようなこと、わざわざ人の目を忍んで告げにこずとも、これ幸いと東の廓を潰してしまえばいいではないか。それこそ、お前のいうようにさっさと妓楼ギルドの連中にはかり、大公さまに訴え――むしろ、西の廓の長として、そうするのが当然なのではないか？　われわれは西の廓にとって目障りな存在なのだと思っていたがな」

「それは――」

ノヴァルの目がかすかに泳いだ。

「むろん、昔のよしみとして、だ。不幸にして袂をわかったとはいえ、お前は俺にとって一の親友だったのだ。お前がこれ以上、落ちぶれてゆくのを俺はみたくない」

「俺は落ちぶれてなどおらんぞ、ラオ」

マンジュはどん、とグラスを置いた。

「そういうお前のおためごかしが昔から気にいらんのだ。落ちぶれてゆくのをみたくないだと？　そんなこと、いまさら俺が信じると思うか。お前がいかにも俺のためだ、という顔をして、何かを云ってくるときには、必ず裏があるのだ。いつもそうだ。子供の時分からな」

「そんなことはない！」

「いいや、あるね」

マンジュはきっぱりと云った。

「だから闇妓楼だの、《悪魔》だのに気をつけろ、などというお前の言葉には必ず裏がある。要するに、俺に闇妓楼や《悪魔》を排除させたいのだ。お前の手をできる限り汚すことなく、な。闇妓楼や《悪魔》を排除したいのは、ほんとうはラオ、お前のほうなのだよ――そう、七年前とまるで同じようにな」

「な――」

ノヴァルの目が丸くなった。

「なんのことだ、それは」

「実はな、しばらく前に調べたのさ。かつての闇妓楼事件のことをな」

「なに？」

「先だって――といっても、もう二、三年ほど前のことになるが、俺に告げ知らせてきたものがある。あの闇妓楼事件、実はあの事件を裏で操っていたのは――ラオ、お前だとな」

「なん……」

「俺は、以前からおかしいと思っていたことがある」

マンジュは、反論しようとしたノヴァルを制して云った。

「お前、西の廓を再建する資金をどうやって集めた。俺が聞いた話では、南の廓からずいぶんと借金をしたという話だが」

「ああ、そうだ。南の廓の総元締めとは若いころから懇意にしていたからな。頭をさげて融通してもらったが。それが悪いか」

「いや、俺がどうしても解せなかったのはな、ラオ。俺もかつては西にいた男だ。それも西の廓に鳳凰楼ありといわれた大妓楼の跡取りとしてな。そしてむろん、南とも懇意にしている。だから当然、俺にはあのころの西の廓の内証は判っているし、廓の再建にどれほどの資金がかかるかも見当がつく。そして南の廓がどれほどまでであれば資金を融通するかもな。だが――」

「…………」

「足りぬのだよ。俺の計算では。どうしても。あのころ、われわれが袂を分かち、西の廓に残ったものたちの懐と、南の廓が融通するだろう資金をどれほど最大限に見積もっても、いまのあの絢爛な西の廓を再建するには、どう考えても資金が足りぬ。どれほどお前とよしみがあろうとも、あの計算高い南の廓があれだけの資金をすべて融通するわけがない」

「…………」

「そのことがずっと俺の心にしこりのように残っていたのだ。そんなとき、俺は聞いたのだ。あの闇妓楼にお前が関わっていたという話を」

「…………」

ノヴァルのひたいに急に汗がふきだしてきた。マンジュはそれをじっと見つめて云った。

「それで、あの当時のことを調べた。そしてあることに気づいた。ラオ、あのとき——西の廓が再建に向けて動いていたころ、あらゆる妓楼が東の廓や南の廓に仮宅をかまえ、営みを続けていた時期に、大勢の遊女や遊女見習いが姿を消したことがあったな」

「……ああ」

「あのとき行方不明になったのは、焼け出されて主を失った遊女や遊女見習いが大半だった。そのほとんどは単なる足抜け、そのあと見つけ出して連れ戻したものもおおぜいいたが、そのまま行方知れずになったものもいた。特に遊女見習いにはそれが多かった」

「だが、それはお前も事情は判っているはずだぞ」

ノヴァルが反論した。

「あれは大火のあとの混乱のなかでのことだ。仮宅での営業が続き、監視の目も緩《ゆる》まざるをえなかった。それで遊女の足抜けがいささか増えた。しかし、見習いをあわせれば、あの状況のなかでも三千人は遊女を抱えていたのだ。いたしかたあるまい」

「と、当時は俺も思っていたのだがね。しかし──」

マンジュは葡萄酒をすすった。

「もういちど、あのときのことを詳しく調べてみると、奇妙なことが判った。あのとき、主を失った遊女たちの面倒をみていたのは俺たち、生き残った妓楼主だが、その行方不明になった遊女や遊女見習いの内訳をあらためてみると──ラオ、こと遊女見習いに関しては、お前が預かっていたものが異様に多いのだよ。行方知れずになったものがな」

「それは……」

「それで、俺は考えた。その姿を消した遊女見習いが、お前の手でどこかへ密かに売られていたとしたらどうだろう、と──あれほど美しい娘たちだ。ひそかにほしがる貴族や大商人など、探せばいくらでもいるだろう。なんなら奴隷市で売ったって高値がつくはずだ。あるいは、そうしてわざわざ売らずとも、そんな娘たちを使い、いかがわしい──それこそ法度に触れるような闇妓楼を自ら営んだとしたらどうだ。例の《悪魔》を巻き込んでな。もし、そうであれば、お前は相当の金を手にすることができたはずだ。間違いなく」

「…………」

「そうして、お前は足りなかった多額の資金を手にし――西の廓の再建にめどが立ったところで、身の安全を図り、闇妓楼を葬り去ることにした。あたかも闇妓楼の存在を初めて知ったというような顔をしてな。そして俺を巻き込み、《悪魔》を裏切り――」

「…………」

「考えてみれば、幼い娘をあつめた闇妓楼などというものは、お前が考えそうなことだ」

マンジュは薄く笑った。

「お前には若いころから悪癖があったからな。ああいう稚い娘の臠《ししむら》をむさぼるのが好きでたまらんという悪癖がな」

「な……」

ノヴァルは愕然としたようすだった。

「なにをいう。そんなこと……」

「ばかめ。俺が知らんと思っていたのか。お前がかつてしでかしたことを――お前らはうまく隠したつもりだろうが、ああいうものはどうしたってどこからか漏れるものよ。

特に、うちの親父とお前の親父は懇意だったしな。云っておくが、俺は誰にも漏らしていないぞ。かつての親友のよしみでな。そのおかげだからな、お前がいまの地位に留まっていられるのは。感謝してほしいものだな」

「くっ……」

「だが、その悪癖があればこそ、お前は、お前と同じような悪癖の持ち主を相手に、あくどい商売をすることを思いついたのだろう。違うか？　それがどれほどの利益を生むか――どれほどの麻薬のような効果を悪癖の持ち主に与えるか、お前ほど知っているものはいないだろうからな」

「そんな、ばかなことを……」

「お前は闇妓楼のことを探られるのが怖いのだ、ラオ。それをきっかけに、かつてのお前の悪事が明るみに出てしまうことが。ことにそれを西の廓の連中に知られるわけには絶対にゆかぬ。だから、お前はわざわざ俺のところを訪れたのだ。お前がかつての闇妓楼に関わっていたことを、そして――実はいまの闇妓楼にも関わっているのだということを隠すためにだ」

「ふ――ふざけたことを抜かすな！」

「ふたたび闇妓楼をはじめるには、あたりまえだが幼い娘が要る。それも美しい娘がな。それをどこから集めればよいか――《悪魔》は思案したのであろうな。そして、お前を脅すことにした。幼い娘をよこせと。もしよこさなければ、かつてのお前の悪事を西の廓にばらし、大公さまに申し出るぞ、と。その脅しにお前は屈したのだ。そして遊女見習《イェリ》いにと女衒《ヤン》が集めてきた娘のなかから、《悪魔》に横流しした。その娘たちにどのような運命が待っているか、重々承知しながらな。——ひどいやつだ、お前は。あるいは、いまの遊女見習いの神隠しも、お前のしわざではないのか？」

「なにをいう、リュウ！」

ノヴァルは勢いよく立ちあがり、激しく云った。だが、その口もとは細かく震えていた。

「俺が娘を横流ししているなどと——そんなもの、どこに証拠がある」

「あるのさ、それが」

マンジュはにやりと笑った。

「紹介しよう。——おい、入ってこい」

マンジュは奥に向かって声をかけた。すると奥へ通じる扉が音もなく開き、男が無言で部屋に入ってきた。クムの男娼めいた、袖のふくらんだゆったりとした服を着てはいるが、そのほっそりとして長い指をみれば痩身であることは明らかだ。

その顔は、貴族が舞踏会でつけるような白面の仮面で覆われていた。仮面の口もとは紅のかわりに青く塗られ、目のまわりに施された金と宝石の渦のような装飾が、美しくも無機質な不気味さを醸しだしている。唯一くりぬかれた目もとからは、巴旦杏のような切れ長の目がかろうじてのぞいていた。それを見るなり、ノヴァルの体は瘧《おこり》のように震えはじめた。

「お前……お前は――」

「久しぶりだね、ノヴァルさん」

その無機質な仮面がにやり、と笑ったようにみえた。

「あのときにはずいぶんとひどい目にあわせてくれたもんだけど。せっかく、あんたの金集めをこっそり手伝ってやったってのにさあ」

「《悪魔》か……」

「ああ、判ってくれたんだね。あんたのおかげで、顔もさらせない身になっちまって、せっかくのおいらの美貌も台無しってもんだけど、それでも判るもんなんだねえ。まいったなあ。おいらの魅力は仮面ごときじゃ、おさえられないんだな」

「お前、いったい、なぜ、こんなところに……まさか」

ノヴァルははっとしたようにマンジュをみた。

「まさか、リュウ、お前――《悪魔》と……」

「そういうことだ、ラオ」

マンジュは呵々と笑った。

「俺はな、《悪魔》と手を組んだのよ。実は俺は、なにもかも知っておったのさ。お前がもう何年も前から《悪魔》に脅され、闇妓楼が復活したことを承知していたことも。そしてその闇妓楼に幼い娘を横流ししていることもな。なにしろ――いまの闇妓楼を牛耳っているのは、この俺だからだ」

「なん……だと……」

「ずいぶんとひどいことをしてくれたじゃないか、ノヴァルさんよ」

《悪魔》が仮面の向こうでにやにやと云った。

「あんたから回ってきた娘らさあ、ずいぶんと生娘じゃないのがまじってたよ？　えらく質の悪いものをよこしてくれたもんだよね。傷物はこっちにまわして、上物は自分のところで確保して、って、やることがあくどいなあ――いや、待てよ。あれさあ、もしかして、うちらにまわしてきた娘らに最初に手をつけたのって、あんたなんじゃない？」

ノヴァルは声も出ないようすで青ざめた。それをみて、《悪魔》は含み笑いしながら云った。

「やっぱりねえ……そういやあ、最初の闇妓楼のときも、そういう娘っこが多かったもんなあ。あれ、大火のどさくさでそんなことになっちまったのかと思ってたけど、あれもさてはあんたのしわざだね」

「…………」

「まったく、ひとのことさんざん悪魔呼ばわりしておいてさあ、どっちがほんとうの悪魔よ、って話だよね」

「──なかなか、悪癖は抜けないもんだな」

マンジュはずいと身を乗り出して云った。

「もうひとつ、いいことを教えてやろう。実はな、つい先日、ガン・ローの番頭が俺のところを訪ねてきた」

「なんだと？」

ノヴァルははっとしたようにマンジュをみた。ガン・ローとは、西の廓第二の妓楼であるアイノ遊廓の楼主である。紅夢館のラン・ドンとともに副ギルド長を務め、ラオ・ノヴァルとともに西の廓を支えるものたちだ。

「あそこの番頭は、もともと俺の親父の妓楼で働いていたやつでな。いまも俺とは懇意にしている。いまではなにかと西の情報を俺に伝えてくれる有難いやつなのさ。ま、言葉は悪いが、俺にとってはちょっとした間諜というところだな。──で、その番頭から聞いたのさ。西の廓の神隠し、その黒幕として東の廓がかかわっていること、そしてその裏には闇妓楼の存在があること、それをガン・ローたちが疑っていることをな」

「…………」

「とはいえ、番頭は別に俺がその闇妓楼の主だと知って訪れてきたわけじゃない。ただの親切心で、こんなことになっているから気をつけろ、と伝えにきてくれただけだ。ありがたい男だよ、ほんとうに。――だから、俺もやつに教えてやったのさ。廓の再建の際にラオ・ノヴァルが集めた資金をもう一度調べてみろ、と。そして、その当時に行方知れずになった遊女見習いのことをよく調べてみろ、とな」

「な……」

青ざめていたノヴァルの顔がどす黒くなった。

「なんと、なんと……」

「いまごろはもう、ガン・ローたちはお前に疑いの目をむけているだろうよ。お前こそが闇妓楼の黒幕であり、お前こそがかつて遊女見習いを闇妓楼に送り込んだ悪人であり、そして――お前こそが今回の神隠しの張本人ではないか、とな」

「く……」

「お前はもう終わりなんだよ、ラオ」

マンジュはぐいと身を乗りだした。

「もはや真相が明らかになるのも時間の問題だ。それもこれほどの醜聞はあるまい。なにしろ、天下に名高いサリア遊廓――西の廓の妓楼ギルドの長たるお前が、大公さまが忌み嫌う法度破りに荷担していた、となればなあ。むろん、お前は死罪を免れようもなかろうし、もしガン・ローやラン・ドンが対処を誤れば、西の廓も今度こそ公認遊廓としての地位を失い——それどころか永遠に取りつぶしとなるやもしれぬ。お前はもはや、西の廓を再建した英雄ではない。西の廓を葬り去った悪魔となるのだ、ラオ」

「…………」

ノヴァルはしばらく唇をかみしめていたが、やがて、その首ががっくりと落ちた。

「——ちくしょう……」

ノヴァルはうめくように云った。

「ちくしょう……お前たち、よくも俺を……」

「無駄足だったな。わざわざ人目を忍んで、こんなところまでやってきたのにな」

マンジュはにやにやと顔を寄せて云った。

「だがな、ラオ。もし、俺の頼みを聞くのなら、お前を助けてやらんでもないぞ」

「……なんだと？」

ノヴァルはゆっくりと顔をあげ、マンジュをにらみつけた。

「なんだ、それは」

「ガン・ローとラン・ドンを排除しろ」

マンジュは声を低めて云った。

「なんだかんだ云っても、闇妓楼のことをあまり嗅ぎまわられるのは、やはり俺にとっては迷惑だ。悪い芽は早く摘むに限る。だから目障りなあいつらを殺せ。すぐにだ。――そして、お前の蓮華楼。あれの鑑札を寄こせ」

「馬鹿をいうな」

ノヴァルは即座に首をふった。

「断る。蓮華楼まで取られてなるものか。あれは俺の命のようなものだ」

「そんなことを云っている場合か、ラオ」

マンジュはあきれて首を振った。

「お前はまだ判っていないのか。お前はもう、死んでいるも同然なのだよ。蓮華楼があろうがなかろうが、法度破りに手を染めたお前はもう、少なくとも西の廓では生きてゆけなくなるのだ。どう転んでもな」

「くっ……」

「とにかく、お前のことはちゃんと助けてやる」

マンジュは、ノヴァルの肩にぽんと手を置いた。

「お前にはうちに来てもらうよ。そして、闇妓楼を手伝ってもらう。この男――《悪魔》のもとでな」

「よろしく頼むよ、ノヴァルさん。あんたにはいろいろ貸しがあるんだ。これからきっちりと返してもらうよ」

仮面の男が楽しそうに云った。

「それにあんたにとって、決して悪い話じゃないと思うけどね。ちゃんとまじめに勤めてくれりゃあ、たまにはうちの娘たちを抱かせてやったっていいよ。あんたのだあい好きな、細くてちっこい娘たちをね」

「…………」

「なんだよ、まんざらでもなさそうな顔をするんじゃないよ」

ケタケタとあざ笑う仮面の男を、ノヴァルは憎々しげににらんだ。

「くそっ、この《悪魔》め……」

「まあ、そう怒るな」

マンジュはノヴァルの肩を軽く叩いた。

「お前はよくやったよ。お前以外の誰にも、あの焼け野原から西の廓を再建することなどできなかっただろう。お前のその持って生まれた才覚と、ひそかな法度破りをも厭《いと》わぬ冷徹な打算がなければな。だが、そんなお前だからこそ、その悪行がいつまでも西の廓にばれずにすむとは思っていなかったはずだ。そうだろう？」

「…………」

ノヴァルは無言だったが、表情はその言葉が図星であることを示していた。

「そろそろ、潮時なんじゃないか、ノヴァル」

マンジュはここぞとばかりに云った。

「もう、お前は西の廓から手を引け。そしてまた、俺と組もう。もともと俺たちは子供の時分からずっと、遊びでも仕事でもなんでも、いつも一緒につるんでいたじゃないか。俺とお前が手を組めば、もっと大きなことができる。ご法度なんぞ、知ったことか。闇妓楼だけじゃないぞ。東の廓ならなんでもできる。やれ法度だ、しきたりだ、なんぞといっている西の廓では決してできないことが、東の廓ならできるのだ。このまま西の廓にいてもつまらんだろう。お前なら、東の廓でもすぐにのしあがることができるさ。そしていずれは西の廓を乗っ取ることだって夢じゃない」

「リュウ……」

「どうだ、ノヴァル。ガン・ローとラン・ドンの命を手土産に、俺のところへ来い。そして昔みたいに、好き放題やろうじゃないか。なあに、お前のような男でも、身分を変え、姿を変えて生きていく方法なんざ、東の廓にはいくらでもあるんだ」

「…………」

「もうひとつ、おいらとの約束も忘れるなよ」

仮面の男が口をはさんだ。

「あんたも大人なんだからさ。約束は守ってくれないと」

「なにが約束だ」

ノヴァルは吐き捨てるように云った。

「あんなもの、勝手な脅しではないか。どうせ今夜の騒ぎも、お前の仕業なのだろう」

「ふん。もう長いこと待たされてるんだ。しびれも切れようってもんさ」

仮面の男は鼻を鳴らして云った。

「闇妓楼ってのはさ、難しいんだよ。幼い娘ってのは、いつまでも幼いわけではないからね。そんなもの、あんたみたいな悪癖の持ち主にとっちゃあ、ヤーンに運命の不思議を説く、ってもんだろうがさ。あんたらにとっては、娘らの花の盛りはせいぜい十四まで、十六にもなれば大年増なんだろう？　だからどんどん使い捨てて、どんどん新しいのをいれなくちゃならない。太い客を呼ぶにはとびっきりの目玉だって必要だ。あんただって、これから闇妓楼をやっていくんだ。そんな甘えはとっとと捨ててくれないとね」

「まったく、この《悪魔》め……」

ノヴァルはうめいた。

「まあ、いい。確かにリュウのいうとおり、時間の問題ではあったのだ。こうなったら俺も腹をくくるさ。だが、ガン・ローとラン・ドンを殺したうえに、あのような約束を果たせだと？　それで俺に生きのびろ、逃げのびろというのか。いくらなんでも無理難題がすぎる」

「あんたならできるだろ？　なんたって西の廓一の大妓楼、蓮華楼の楼主さまなんだからさ。いまは、まだ」

《悪魔》はへらへらと云った。

「あんたには例の得意技だってあるじゃないか。金だってたっぷり持ってる。それにおいらだっていくらでも手は貸してやるさ。ここは東の廓なんだ。闇でしか手に入らないような毒だろうが、秘薬だろうが、隠し武器だろうが、必要ならなんだって用意してやるよ。詳しいんだぜ、おいらは。これからは仲間になろうっていうんだ。信用しなよ」

「信用できるものか」

ノヴァルは吐き捨てた。

「お前の二つ名は伊達じゃない。お前に騙されて、どれほどの男や女が破滅してきたと思っているんだ。たかが男娼、女衒のお前をそうやすやすと信用できると思うか。タイスのユリウス」

「おっと、その名前はもう捨てたんだよ。ノヴァルさん」

仮面の男は鋭く云った。

「いまのおいらはエウリュピデスって云うんだ。みんなは《仮面のエウリュピデス》なんて呼んでくれるけどね。あんたもこれからは、おいらのことを《悪魔》だの、昔の名前だので呼ばないで、いまの名前で呼んでおくれ。ちゃんと、丁寧に、うやうやしく、エウリュピデスさま、ってね。そんときは、しっかり地面に両手をついて、頭もさげるんだよ。これからのおいらとあんたは、昔のような男娼と大妓楼主の関係じゃなくなるんだ。おいらが闇妓楼の主人で、あんたがその下僕だ。だからあんたにはおいらのいうことはなんでも聞いてもらうよ。これからはさ、おいらがやれといったら、おいらのケツの穴、しわの一本一本、こびりついたクソのひとかけらもなくなるまで綺麗になめるのがあんたの役目なんだ。わかったかい、ノヴァルのおっさんよ」

3

「じゃあ、椅子にまっすぐ座ってごらん。そして右の膝にキタラを乗せるようにするんだ」

　マリウスはベッドに腰かけ、身振りをまじえて少女に教えた。少女は、その小さな体には少々大きすぎるキタラを腕いっぱいに抱え、よたよたと椅子に座り、マリウスのいうとおりに膝にのせた。

「――こう？」

「うーんと、もうちょっとこっちがいいかな」

　マリウスは手を伸ばして、キタラの位置を少しだけ直した。

「うん、これでいいね。どう？　ぐらぐらしない？」

「ん。大丈夫みたい」

「よし。じゃあ、今度は右手でキタラを軽く抱きかかえるようにして、左手はひじから棹《さお》にそわせるように。で、棹のさきを軽くにぎってごらん。指はたてて」

「えっと、こうかしら」

「そうそう。――おお、いいね。なかなかかたちが決まってる」

「ほんとに？」

少女の瞳がぱっと輝いた。マリウスは笑ってうなずいた。

「うん。とてもいいよ。この最初の持ち方がね、簡単そうで意外ときちんとできない人が多いんだ。イェン・リェンはとてもすじがいいと思うよ」

「あら」

ワン・イェン・リェンは満面を笑みに崩した。いずれ蓮華楼どころか、西の廓を背負ってたつ最高遊女《ハオターリャン》となるのは間違いないと太鼓判を押される美少女だが、そうして屈託なく笑うところは、まだまだそこらの幼い少女と変わるところはない。

「嬉しい。伝説の詩人さんに教えてもらって、しかもほめられるなんて。あたしって天才かも」

「こら」

マリウスは苦笑した。

「きみはすぐそういうことをいう。あまりおとなをからかうもんじゃないよ」

「へへへ」

イェン・リェンは可愛らしく舌をちょろりと出した。

「でも、マリウスさんがほんとうにマリウスさんだったなんて、あたしびっくりしちゃった。こんな偶然ってあるのね」

「そうだね。ぼくも目が覚めたとき、きみたちがなんでぼくの名を知っているんだろう、って驚いたよ」

もっとも彼のほんとうの名はディーンで、マリウスという名はそのパロの神話――彼が子供のころから大好きだった神話にあやかって自ら名乗ったものであるとは、むろんマリウスが明かすわけもない。

マリウスが蓮華楼で療養するようになってから、早くも二旬近くが過ぎた。額の大きなこぶはひいたものの、したたかに殴られたすねはまだ少し痛む。だが不幸中の幸いというべきか、どうやら骨がひどくやられてはいなかったらしく、ほとんど不自由せずに歩けるようにはなってきた。これならそうかからずに、また旅に出ることができるだろうと、マリウスはほっと胸をなでおろしていた。

もっとも、蓮華楼での長逗留は決して気分の悪いものではなかった。みな恩人として丁寧に遇してくれるし、なにしろまわりは美しい遊女や可愛らしい下女であふれているのだ。ちょいと気をつけて目を盗んでしまえば、そんな娘たちと陰でしっぽり、といけるのだから、マリウスにとっては願ったり叶ったり、といったところであった。

残念なのは、掏られてしまった財布となくしてしまったキタラだが、キタラはそれでかえってよかったのかもしれぬ。というのも、イェン・リェンを助けてくれたお礼にと、ジャスミン・リーがかつてのひいき客からもらったという立派なキタラをマリウスにくれたからだ。マリウスの見たてによれば、どうやらいにしえのパロの名工テオドリウスの手になる名品で、かえってこちらが恐縮してしまうような高価なものだったが、ジャスミンがぜひに、というので有難くいただいてしまった。もっとも、マリウスが心のうちで（しめた！）と思ったのも正直なところだ。

そしていま、マリウスの目の前でイェン・リェンがかかえているのが、そのキタラの逸品であるというわけだ。

イェン・リェンはすっかりマリウスに懐いていた。もともとがいたずら好きの人なつこい娘のようで、最初はしおらしく謝っていたが、マリウスが笑って許してやると、あからさまにほっとしたようすで、それからは子供なりにかいがいしくマリウスの世話をするようになった。そうしながらマリウスの旅の話にころころと笑ったり、その歌をうっとりと聴いたり、とだんだんマリウスの部屋で過ごす時間が長くなっていった。そして今日はついに、キタラの弾き方を教えて、とマリウスのもとへやってきたのだ。

「さて、それじゃあ、さっそく和弦を弾いてみよう。とりあえず三本指だけでできるやつをね。それを四つも覚えてしまえば、もう簡単な曲は弾けるから」

「うん。どうすればいいの？」

「えっとね、ちょっと待ってね」

マリウスはイェン・リェンの後ろにまわると、背中から抱えるようにして手を取り、そっと少女の指を導いた。少女のほっそりとした首筋から、花びらのようなほくろが顔をのぞかせている。

「あのね、まずここと、ここと、ここに指をおいて。弦をしっかり抑えてごらん」

「――こう、かしら」

「そうそう。そしたら、その指をしっかり押さえたまま、こっちの手で弦を上から下に向かって鳴らしてごらん。こわがらずに、思いきって鳴らすのがコツだよ」

「うん」

イェン・リェンはいわれたとおりにキタラをかきならした。じゃん、ときれいな和音が鳴った。

「できた！」

イェン・リェンの大きな瞳がぱっと輝いた。マリウスはちょっと驚いて手を打った。

「おお、すごい。これ、最初はなかなかじょうずに音が出ないんだよ。イェン・リェンはほんとうにすじがいいんだね」

「ほんとに？　ふふふ」

イェン・リェンはころころと笑い、調子よくなんどもキタラを鳴らしてみせた。開いた小さな窓から、晴れわたった空に向かって名器の澄んだ音が響きわたってゆく。

（なんだか――）

そんな少女の楽しげなようすをながめながら、マリウスは奇妙な感慨にとらわれていた。

（なんだか、思い出すな。あのころのことを――トーラスで、ミアイルさまのそばにいたころのことを……）

（考えてみれば、ついこのあいだのことなのに――）

もう、ずいぶんと時間が経ってしまったような気がする。

あの忌まわしい紫の月、愛の女神の名を冠した《サリアの日》に、まだ十四歳だった少年が凶刃に――それもマリウスの兄が送りこんだ暗殺者の手によって斃《たお》れるまで、彼はトーラスの金蠍宮の一画で、こんなふうにキタラの手ほどきをしながら小さな幸福のときを過ごしていたのだった。

（あれは、ぼくにとってこれまでで一番幸せな時間だったかもしれない）

あの、わずか十日ほどに過ぎぬ日々を思うたび、マリウスの胸は締めつけられ、もともと潤みやすい彼の目には涙が浮かんでくる。マリウスはあわてて目がしらをおさえた。

「――どうしたの？」

そのようすに気づいたイェン・リェンが、いぶかしげにマリウスに問うた。マリウスは両手で顔をこすり、涙をごまかしながら少女に微笑みかけた。

「なんでもないよ。ただ、君のことを見ていたら、ある人のことを思い出してしまってね」

「誰？」

イェン・リェンが無邪気に尋ねてくる。

「うん。ちょっと前に、こんなふうにキタラを教えていた子がいてね。男の子だったんだけれど、とても小柄でね。ちょうどきみくらいの背格好で——ぼくをまるで兄のように慕ってくれて、やっぱりキタラや歌が大好きで。それから、旅の話を聞くのも好きだったな。ぼくが歌いながらまわってきたあちこちの珍しい国の話を、それはそれは目を輝かせながら聞いてくれたものだった。いつか、ぼくと一緒に旅をしようね、なんて約束していたんだけれど、でも……そんな約束をしてまもなく、その子は天に召されてしまった」

「…………」

「かわいそうな子でね。ぼくと会うまではいつもひとりで、お母さんも早くに亡くしてしまって、お父さんにはあまり可愛がってもらえなくて——体もあまり丈夫ではなくて、自由に外にも出られなくて、いつも屋敷に閉じこめられているような、そんな子だった。その子はいつもこんなふうに云ってた。——ぼくも鳥になれれば、あちこちの国に自由に飛んでいけるのに、ってね」

「――わかるわ、あたし。あたしも同じだもの。その子と」

イェン・リェンがキタラを脇に置きながら、ぽつりと云った。

「あたしはこの廓で生まれて、それからすぐにお母さんから引き離されて、そのまま《ミーレの館》で――孤児院で育てられて……だから、お母さんが誰なのかも、あたしにはわからない。わかっているのは、この廓の遊女だったたっていうことだけ」

「そうなんだってね。このあいだ、チェン・リーに聞いたよ」

「そう。だから、あたしにはお母さんの顔も判らないの。そもそも《館》では、お母さんもお父さんも死んだ、って聞かされてたし。そうではないのを知ったのは、蓮華楼に来てからなんだもの。お母さんがあたしに残してくれたのは、この髪飾りだけ」

イェン・リェンは自分の頭を指さした。そこには銀の花びらと紅玉をあしらった小さな髪飾りがあった。

「ああ、こないだなくしてしまったってやつ。チェン・リーが見つけてくれたって」

「そう。すごく一生懸命に探してくれたみたい」

「優しいんだね、彼は」

「そうなの。――ねえ、マリウスさんは、お母さんいるんでしょう?」

「ああ、もちろん。といっても、ぼくが小さいころに亡くなってしまったんだけどね。

だから、ぼんやりとしか覚えていないんだけれど。——ああ、絵姿ならあるよ。みる？」

「うん」

「ほら、これだ」

マリウスはふところからペンダントを取り出し、ふたを開けてイェン・リェンに見せた。少女は目を輝かせてのぞき込んだ。

「わあ、きれいなひと。抱っこされてるのがマリウスさん？」

「そうだよ」

「いいなあ。——なんだか、ジャスミンさまに似てるね、マリウスさんのお母さん」

「そう？」

マリウスは少し驚いて、改めて母の絵姿をみた。

「似てるかなあ」

「うん。似てる。雰囲気が。お化粧をとったときのジャスミンさまに」

「へえ……」

マリウスは少々意表を突かれた気分だった。実のところ、マリウスはジャスミンをやや苦手にしている。いつも柔和な笑みを浮かべ、親切で、遊女見習い《イェリャン》にも下女にも若い衆にも分け隔てなく接しているが、あまりにも分け隔てがなさ過ぎるようにも感じられる。それがどうにも宮廷での兄の振る舞いを思わせるのだ。その優しげな笑みの向こうには、決してマリウスにはみせぬ本心が隠れているような気がしてならぬ。この人にはなにか裏があるのでは、と思えてならぬのである。

そしてジャスミンのほうにも、少しマリウスとは距離を置こうとしているような感じがうかがえる。もっとも、それは単にマリウスが恩人とはいえ、結局はよそものであるからなのかもしれないが——

ともあれ、云われてみれば、ジャスミンと母は確かに顔立ちが似ているような気もする。これまでそう思わなかったのは、マリウスがジャスミンに抱いていた印象のせいやもしれぬ。だが、イェン・リェンはそんなマリウスの思いになど、むろん思いいたらぬようだった。

「ああ、いいなあ。マリウスさんには、こんなにきれいなお母さんがいて——そして、世界じゅうを旅することができて」

少女は胸に手をあてて、そっとため息をついた。

「あたし、西の廓から一度も出たことがないの」

「え？　そうなの？」

「うん。あたし、生まれてからずっと《ミーレの館》で育ったし、《館》を出たあとは蓮華楼で暮らして——遊女見習いのあいだもね、西の廓から外には出してもらえないの。

だから、あたしはこの廓のなかのこと以外、なにも知らない。ただ、ときどき大門の向こうに少しだけみえる街のようすをのぞいてみたり、運河のほとりから湖に浮かんでいる船を眺めてみたり――あたしが知っている廓の外って、それだけなの」

「ほんとに？　ほんとに廓から出たことがないの？」

「うん」

「一度も？」

「うん」

「そんなの……そんなのって」

　マリウスは憤慨した。

「そんなの、だめだよ！　おかしいよ！」

「えっ？」

「ひとがね、そんなふうにどこかに閉じこめられて、どこにも自由にいけないなんて、そんなことは絶対に間違っているんだ。――いや、ひとだけじゃない。鳥《ロワ》だって犬《バウ》だって猫《ミャオ》だって、みんな自由に、自分の好きなように生きていくこと、それこそが幸せなんだ。そう、ぼくは信じてる。絶対にそうさ。そうでなきゃ、おかしいよ！」

「そうなの？　鳥も、猫も？」

「ああ、もちろん。みんなそうさ」

「じゃあ、ミオもそうなのかな」

「──えっ？」

マリウスははっとして、イェン・リェンの視線の先を見た。そこには彼女がいつも連れて歩いている小さな仔猫が丸くなって眠っていた。首には小さな鈴がぶらさがっている。

「あたし、いつもこうしてミオといっしょにいるし、お出かけするときにはあたしの部屋に閉じ込めていってしまうけれど、それって、かわいそうなこと？」

「えっと──うーん、まあ、そうかも……」

「でもね、前にチェン・リー兄さんが云っていたの。外には猫をつかまえて、皮を剝いでしまう人がいるって。ジャランボンには猫の皮を使うから。それが一番いい音が出るんだ、って──それを聞いたとき、あたし、おそろしくなってしまって……だから、あたし、ミオがそんな目にあったら大変、と思って、外に出さないようにしていたんだけれど……ねえ、マリウスさん。あたし、間違ったことしてるのかな……」

「うーん……いや、それは……」

マリウスは言葉に詰まった。

「そりゃあ……そりゃあ、ただ外に出られればいいってわけじゃないよ。もちろん、廓にいるより悪いことや怖いことがあるかもしれないし、実際にあるだろうし、きみも襲われてしまったわけだし——でも……だけど……そりゃあ、誰だっていろいろ思う通りにいかないことはあるけれど……でも、とにかく、きみみたいにそうやって生まれてから一度も西の廓から出たことがないなんて——ひどすぎるよ！　それはひどい。うん、それだけはひどい。絶対にひどい。そんなことあっちゃいけない。しかも、お母さんに一度も会ったことがなくて、お母さんが誰だかも判らないなんて……そんなの、イェン・リェンがあまりにもかわいそうだよ！」

「ありがと、マリウスさん」

イェン・リェンは少し嬉しそうに微笑んだ。

「ほんとはね、あたし、ずっと思ってた。あたしだってもし、西の廓じゃないところで生まれていれば、お母さんと一緒にいられただろうし、もっといろいろなところに行けたのになって。廓から出て、ロイチョイから出て、もしかしたらタイスからも、クムからも出て——そこにはいったいどんな花が咲いていて、どんな鳥が飛んでいて、どんなひとたちが暮らしているんだろう。あたし、いっつもそんなことを考えて、うっとりしちゃうの。でも——」

「…………」

「でも、あたしはここに生まれちゃった。それはもうしかたのないこと。ここで生まれた女の子はみんな、あたしと同じ。あたしだけが特別じゃない。みんな《館》で育てられて、十七になったら遊女になって、それから十年おつとめして、年季が明けて――それか、誰かのお妾さんにでもしてもらうまでは、ここから出られない。それはあたしが生まれたときから決まっていたことなんだわ。それがしきたりってやつなんだもの」

「だから、それがおかしいんだよ！」

マリウスは憤懣《ふんまん》やるかたなく叫んだ。

「だからさ、そういう決まりというか、しきたりがあるのはわかるけど、でも、そういうしきたりこそが間違ってるんだ！　絶対におかしいって！　生まれたばかりの子供を母親から離してしまって、誰がお母さんなのかも教えないで、それで遊女にしてしまうなんて！　それじゃあ、子供だってお母さんだってかわいそうすぎるよ！　ぼくはそういうのは嫌いだ。絶対にイヤだ。母親と子供をむりやり引きはなすなんて、まともなひとのやることじゃない。それにみんな外にだって出たいのは当たり前だし、遊女にならずに他にやりたいこと、なりたいものがあるかもしれないのに――いや、絶対にあるに決まってるのに！　ぼくはそういうのはイヤだ。絶対に許せないよ！」

マリウスは思わず腕を振りまわしながら力説した。イェン・リェンは吹き出した。

「マリウスさんたら。そんなに怒らなくても」

「え？　――ああ、ごめん」

マリウスは赤面した。

「でもね、ぼく、ほんとにそういう、なんていうか、どこかに閉じこめられているとか、そういうのが大嫌いだからさ。ぼくもそうだったからね。ずっとずっと狭いところに閉じこめられているような気分で、ここはぼくの居場所じゃないってずっと思ってて、それでとうとう飛び出して吟遊詩人になって——まあ、辛いことや大変なこともなくはなかったけれど、でも、ぼくは生まれて初めて思ったんだ。ああ、ぼくはなんて幸せなんだろう、って。やりたくないことは無理にやらなくていいし、やりたいことは好きなだけやればいい、それってほんとうに幸せなことだなあ、ってぼくは思う。だから、ぼくは思うんだ。間違っているのは、しきたりを守るのがイヤで自由になりたい、って思うぼくじゃない。そうやって自由になりたいぼくを自由にさせずにいたしきたりのほうなんだって。ぼくはそうやって、ひとの生き方をじゃまするしきたりってやつがほんとうに許せないんだ」

「でも、しかたないもの」

イェン・リェンは小さく首をふった。

「もちろん、あたしも母さんを探したい。外に出て、会ってみたい。すごくすごくそう思うし、ちっちゃいときには、友だちと《館》をこっそり抜けだそうとしたこともあったわ。すぐにばれて、ものすごく怒られたけど。でも、いまでも気持ちは変わらない。母さんに会ってみたい。外に出てみたい。そう思うけど、だけど……」

「思うなら、そうすればいい」

マリウスはきっぱりと云った。

「え？」

「外に出たいなら、出ればいいんだ。イェン・リェン、あきらめちゃ駄目だよ」

「でも……」

「ぼくが連れていってあげるよ」

マリウスは声をひそめて云った。イェン・リェンは目を見張った。

「えっ？」

「イェン・リェン。もし、ほんとうにきみがお母さんを探したいなら、そして外に出たいなら、ぼくが手伝ってあげる」

「……………」

「ぼくの怪我がよくなったら、一緒にここを抜けだそう。そしてお母さんを探そう。お母さんを探しながら、北へ、南へ、海へ、草原へ——どこへでもきみの行きたいところ、ぼくの行きたいところへ行こう。ぼくはきみにキタラを教えてあげる。歌も教えてあげる。二人で歌って、踊って、世界じゅうをまわろう。どうだい？　楽しそうだと思わないかい？　行ってみたいと思わないかい？」

「もちろん……」

イェン・リェンはこくりとのどを鳴らした。

「もちろん、思うわ！　すごく楽しそうだし、行ってみたいと思う。そうやって、鳥みたいにどこへでも行けたら……それでもしお母さんに会えたら、なんて幸せなんだろうって思う。でも……でも、あたしは……」

「ねえ、行きたいの？　行きたくないの？　イェン・リェン、きみのほんとうの気持ちはどっち？」

「それは……」

「どっちだい？　ほら、素直にいってごらん」

「——行きたい」

イェン・リェンの瞳がきらりと輝いた。

「行きたい。あたし、外に行ってみたい！　そしてお母さんに会いたい。会ってみたい！　もう蓮華楼に閉じこめられているのはイヤ。廓から出られないのはイヤなの！」

「じゃあ、決まりだ」

マリウスはワン・イェン・リェンの細い体を抱きしめた。

「ぼくが必ずきみをここから連れ出してあげる。そしていろんな世界を見せてあげる。そしてお母さんに会わせてあげる。いいね」

「うん！」

イェン・リェンはマリウスの腕のなかで嬉しそうに何度もうなずいた。

「よし、じゃあ、まずはお母さんから探してみよう。お母さんのことで、なにか判ることはある？」

「うーん……あたしが聞いてるのは、《館》に連れてこられたときに、この髪飾りがおくるみに入ってた、ってことだけなんだけど——あ、でも」

少女はなにかを思いついたように顔をあげた。

「リナおばさんなら、なにか知ってるかも」

「リナおばさんって？」

「あたしが《ミーレの館》にいるときによく世話をしてくれたおばさんよ。あたしが蓮華楼に移るときに、こっそり髪飾りを渡してくれた人。だから、リナおばさんなら、もしかしたら……」

「わかった」

マリウスは力強くうなずいてみせた。

「じゃあ、その人に会ってみよう。いまでも《ミーレの館》に行けば会えるの？」

「うーん、わからない。チェン・リー兄さんなら知ってるかも」

「よし。あとで聞いてみる。まかせておいて」

「うん。ありがとう、マリウスさん」

マリウスは少女の髪をやさしくなでた。香油のほのかなかおりが立ちのぼる。それにつつまれながら、マリウスは祈りにも似た思いをいだいていた。

（ミアイルさま……）

（ぼくはあなたを――籠に閉じこめられて哀しんでいた白鳥を外へ――自由な空へと解き放ってあげることはできなかったけれど……それどころか、あなたの命をむざむざと兄に奪わせてしまったけれど……）

（こんどこそ――こんどこそ、ぼくは……この娘を……）

マリウスの決意は固かった。

第四話　西の廓の惨劇

1

「すまなかったな。役に立たなかったみたいで」

イェン・リェンを廓から救い出すと決意したその晩、マリウスはさっそくワン・チェン・リーのもとを訪れたのだった。

《ミーレの館》へ連れていってくれないか、リナという人にあいたいのだが、というマリウスの願いに、隻腕の用心棒は少なからず戸惑ったようだったが、それでも委細を聞くことなく、快く引き受けてくれた。だが、その日は孤児院を訪れるにはもう遅いから、ということで日を改めて案内してくれることになった。それで翌日の昼見世がひけた午後に、ふたりで連れだってでかけてきた、というわけだ。

「いやあ、きみのせいじゃないし。こっちこそ付きあわせちゃってごめん」

「いや、俺はいいんだ。ここしばらく、例の神隠しやらの件で忙しかったからな。

たかったから」

《館》にもずいぶんと帰ってなかったし、忘れられないうちにガキどもの顔も見ておき

いかにも剣闘士あがりなごつい風貌にもかかわらず、存外に気のいいチェン・リーは、いつもと変わらぬ気さくな笑顔をみせた。マリウスにしてみれば、とんだ勘違いで自分をひどい目にあわせた男だが、ずいぶんと素直に何度も謝ってくれたし、話してみるとなかなか気が合うことを発見したのは嬉しい驚きだった。

「そういや、その神隠しのほうはどうなってるの。例の男、探してるんだろう？　イェン・リェンを掠おうとしたあいつ」

「ああ、もちろん。だが、判っているのは細身で髪が長いってことくらいだからな。そんなやつ、このへんには腐るほどいる。まあお手上げってやつよ」

チェン・リーは手を軽くあげてみせた。

「とはいえ、まったく見当がついていないってこともない」

「え、そうなの？」

「ああ。闇妓楼、って知ってるか」

「闇妓楼」

マリウスは少し考えて思い出した。

「ああ、聞いたことがあるよ。たしか居酒屋の親爺さんがいってた。御法度めいた危な

い遊びをさせるところだって」

「そうだ」

チェン・リーはうなずいた。

「クムでは大公さまのお達しで、十七にならねえ娘はあくまで遊女見習《イエリャン》いどまり、ほんもんの遊女にしたてあげて客をとらせちゃならねえってのが法度だ。そいつは大公さまのお墨付きをもらってる西の廓でも、私娼宿あつかいの東の廓でも、どんな小さな遊廓でもかわらねえ。だが、世の中にはそんな娘を好んで抱きたがる男ってのもけっこう多い。そして、そういう娘をあつめて、そういう物好きに法外な金で抱かせてやるってやつらがいるらしい。そんな闇妓楼が東の廓にはあるっていう噂が、ここ数年ながれている。まあ、ほぼ間違いないようだな、そういうものがあるのは、どうやら」

「へえ……」

「うちの廓でもずいぶんと手を尽くして調べたからな。なにしろ紫の月のあたまから、たった二月《ふたつき》ほどであれほど何人もの遊女見習いがいなくなっているんだ。まあ、これまでにも何人か遊女や遊女見習いの姿が見えなくなったってことはある。なんてったってここは男の天国、女の地獄って云われるようなところだ。廓の暮しに耐えかねて逃げ出そうとする遊女なんてのは珍しいことじゃない。それに娘を売った親が気ぃかえて、なんとか娘を取り戻そうとするなんてこともざらにある。もちろん、そんなことはできねえようにギルドや自警団のやつらが厳しく目を光らしちゃあいるし、ほとんどはうまくいかねえで捕まっちまうんだが、それでも抜け出すやつがいないわけじゃない。だが、そんなのは年に一人いるかいないかってところだ。それが今回ばかりは話が違う。こんだけ短いあいだに、こんだけ何人もいなくなるってのはな。それも遊女見習いばかりがだ。しかもそろいも揃って《館》出身と来てる」

「え？」

マリウスは驚いた。

「そうなの？」

「ああ。それがどうにも臭うところよ。どう考えたってあんな子供らに自力で廓を抜けだすほどの才覚があるとは思えんし、抜けだしたところで親が誰かもわからねえんだ。行き先なんぞありゃしない。となれば誰かに掠われたってのがやっぱり筋だ。実際、イェン・リェンもそうなりかけたわけだからな。じゃあ、いったい、誰がそんなあぶねえ橋をわたって益があるのかってことになれば——当然、誰の頭にも浮かんでくるのは、闇妓楼だ。そうだろう？」

「まあ、そうだね」

「闇妓楼があやしい、ってのは、掠われたのが幼い遊女見習い《イェリャン》ばかりだからだ、ってことだけじゃねえ。その掠われた娘らには、どうやら《館》の出だってことのほかにも通じるところがあるんだ」

そういうとチェン・リーは、ふところからごそごそと一枚の羊皮紙をひっぱりだした。

「ほら、マリウス。これをみてくれよ」

「うん」

マリウスはいわれるがままに羊皮紙に目を通した。そこにはチェン・リーがまとめたらしい、掠われた娘たちの特徴が簡単に書かれていた。

（あっ）

その最初に書かれた一行をみて、マリウスはどきりとした。

〈メイ・イン。十四歳。花鳥楼。紫の月ルアー旬一日、深更から未明にかけて妓楼から消失。目撃者なし。黒髪、黒い瞳。右目の下にほくろ。メイ・ウーの双子の姉〉

（紫の月ルアー旬一日、って――サリアの日……）

それはマリウスにとって忘れようにも忘れられぬ日。クリスタルとトーラスで、あのいまいましい二つの暗殺が起こった日ではないか。

そして次の行も――

〈メイ・ウー。十四歳。風月亭。紫の月ルアー旬一日、深更から未明にかけて妓楼から消失。目撃者なし。黒髪、黒い瞳。右口もとにほくろ。メイ・インの双子の妹〉

（これもだ）

マリウスは愕然とした。

（なんて日だ。なにがサリアの日だ。ナリスとミアイルの命が奪われ、二人の娘が姿を消し――そんなもの、愛の女神《サリア》の日どころか、悪魔《ドール》の日じゃないか）

マリウスはひそかに憤慨しながら、さらに読み進めた。

〈レラト。十五歳。ヴァーナ館。紫の月イラナ旬五日。夕刻の使いから戻らず。目撃者なし。黒髪、黒い瞳。南方系の黒い肌〉

キタイ系の住民が多いクムにあって南方系とはめずらしい。マリウスは少し首をかしげた。そのようすをチェン・リーが興味深げに眺めている。

〈ルー・レイ、ルー・ラン。ともに十三歳。金瓶楼。紫の月イリス旬三日、昼過ぎに廟から戻らず。目撃者なし。黒髪、黒い瞳。双子〉

（また双子か……）

もやもやとした違和感が襲ってくる。マリウスは先を読みすすめた。

〈シェン・ファ。十二歳。イーラル遊廓。橙の月ヤーン旬三日。昼過ぎに使いから戻らず。直前に廟の近くで目撃者あり。黒髪、黒い瞳。首の付け根に小さな痣《あざ》。両足の指が六本〉

「指が六本――？」

思わずつぶやいたマリウスに、チェン・リーが口を添えた。

「そう。その娘が廓にあがったときには、ミーレ神の生まれ変わりと騒がれたもんさ」

「ミーレ神……ああ、そうか」

マリウスは思い出した。クムの神話では、愛の女神ミーレの手足には指が六本ずつある。

〈リン・ユー。十四歳。鴛鴦館。橙の月ルアー旬九日、深更から未明にかけて妓楼から消失。目撃者なし。黒髪。右の瞳が黒、左の瞳が青〉

〈アサテ。十六歳。菫亭。橙の月イラナ旬五日、夕刻に使いから戻らず。運河そばで目撃者あり。黒髪、黒い瞳、黒い肌〉

〈ナディア、ネリシア。ジェノア廓。ともに十歳。黄の月ヤーン旬二日、昼過ぎに廟から戻らず。目撃者なし。金髪、青い瞳。北方系。双子〉

〈ヴェッラ。十一歳。ゼア楼。黄の月ヤーン旬九日、午後に習いごとから戻らず。占い小屋をのぞいているところを目撃したものあり。白い髪、淡紅の瞳。アルビノ〉

そこまで目を通して、さすがにマリウスも気づかぬわけにはいかなかった。

「ちょっと、チェン・リー。これって……」

マリウスはチェン・リーを振り返った。

「さらわれたのって、双児、黒人、アルビノ、瞳の色が違う娘、足の指が多い娘って……なんだかずいぶんと……」

「そうだろ？　おかしいだろ？」

　チェン・リーは得たり、とうなずいた。

「そう。掠われたのはただの娘ってわけじゃねえんだ。そういうちょっと目立つ娘とか、一風変わった娘ばかりが姿を消しているんだ。だからこそ、俺たちは余計に闇妓楼をうたがったわけさ。なんていうか――その、あまりにも変態じみているじゃねえか、そういう娘ばかりをあつめるってのがさ」

「うーん……」

「それに、どうにも胡散臭いのが、この神隠しの手口があまりにも鮮やかすぎることだ。廓から出た形跡もねえし、目撃者もほとんどいねえ。こんなことは不可能だ。少なくとも外の人間にはな。どう考えたってうちの廓の事情をそうとうに承知しているやつが絡んでいるとしか思えねえ。まあ、魔道でも使ってりゃあ別だが」

「なるほどね」

　マリウスは小さくうなずいた。

「ていうことは、西の廓に裏切り者がいる――？」

「ああ。その可能性もおおいにある。考えたくはないがね」

　チェン・リーは認めた。

「ともかく、心配なのは娘らだ。あいつらがいまごろどこでどんな目にあわされてるかと思うと、俺はときどき気が狂いそうになるよ。俺にとっちゃあ可愛い妹らがこぞって消えちまったようなもんだから……こんなことをいうのはなんだが、廓の偉い人たちにとっちゃあ、将来の金づるが消えた、大損だ、どうしてくれる、金返せ、なんて程度の話なのかもしれんがね」

「そんな──それはひどいよ！　ひどすぎる！」

マリウスはまたしても憤慨した。

「なんだかもう、要するにぜんぜん人あつかいされてないってことじゃない。その娘たち」

「そうだな。まあ、ここはそういうところ、女なんぞしょせんは売り物にすぎねえって妓楼主も多いのは確かだ。しかも、例えば妓楼の稼ぎ頭の遊女だってならまだしも、まだ海のもんとも山のもんともわからねえ見習いだからな。それも《館》の娘ともなりゃあ、女衒の手も通ってねえから元手はたいしてかかってねえし──そういうこともあって、廓の連中もさほど真剣には手を打たねえんだろうな。だから、たとえ俺ひとりだけでもなんとかして、あいつらを助けてやりてえと思って頑張っちゃいるんだがね」

「うーん……」

「とにかく、あいつらに悪さするやつは、誰だろうが決して容赦はしねえ。たとえそれが俺の親友だろうと、恩人だろうとな。そいつを絶対につかまえて、娘らを助け出してやるんだ。これ以上、可愛いあいつらを掠わせるわけにはいかねえ。そうだろう？」

「あ、ああ、うん、もちろん」

マリウスはあわててうなずいてみせたが、内心はどきどきものだった。

（イェン・リェンを廓から連れだそうとしてるなんて知られようものなら、大変なことだな。チェン・リーにばれたらどうなることやら）

もっとも、ぼくはイェン・リェンを幸せにするためなんだけど——とこっそり付け加えることも忘れない。

（それにしても、《館》にあんなにたくさんの子がいたなんて……）

あの子たちがみな、廓から出ることもできずにいると思うと、あらためてマリウスの心には義憤がわいてくる。

《ミーレの館》——遊女の子たちが集まって暮らしている孤児院は、オロイ湖からつながる運河沿いの一画にあった。妓楼がひしめく仲通り沿いからはだいぶ離れており、思った以上に大勢の子供たちが暮らしていた。

残念ながらリナに会うことはできなかった。応対してくれたのは、遊女あがりらしいなかなか美しい中年女で、チェン・リーとも親しいようだったが、リナのことを聞くととてもすまなそうに「あいにく、しばらく前に産婆も医者も辞めちまってねえ。もうここへはきてないんだよ」と答えたのだった。いま、どこで暮らしているのかも判らないという。

イェン・リェンの母を見つける唯一の手がかりを失い、マリウスはおおいに失望した。駄目でもともとばかりに、その女にもそれとなく尋ねてみたが、女は首を横にふり
「この子たちの親のことはあたしは知らないし、たとえ知っていても教えられないよ」

というばかりだった。

ただマリウスにとって意外だったのは、《館》の子供たちはみなとても元気にはしゃいでいたことだ。マリウスは、母のぬくもりも知らぬ子たちがさぞかし寂しく暮らしているのだろう、と思っていたが、その子供たちの元気な様子と笑顔は、このところ災難続きの彼を少なからず癒してくれた。もの珍しそうに集まってきた子供たちに、マリウスはさっそくキタラをつまびき、パロの古い童謡を披露してみせた。すると、子供たちはたちまち手拍子をうつやら、踊り出すやらで夢中になり、そのあとしばらくはマリウスのまわりにまとわりついてきたものだ。だが、それ以上に子供たちの人気の的になっていたのがワン・チェン・リーだった。

「そういや、子供たちにすごい人気だったね、チェン・リー。特に男の子たちには。まるで英雄あつかいだった」

「まあな」

チェン・リーは得意げに鼻をうごめかせた。

《館》までの道すがらに聞いたには、チェン・リーもまた《館》の出なのだという。つまりは彼も遊女の子であり、母も父も知らぬということだ。

《館》の子は、女ならば遊女に、男ならば下男になるのが定めだというが、ワン・チェン・リーは違った。《館》を出てから蓮華楼で下働きをはじめたころ、たまたま客として訪れた剣闘士に気に入られ、うちの道場に来いと誘われたのだという。また先代の楼主が大の剣闘好きで、その剣闘士とも非常に親しく、その道場もタイス一として知られる有名なところだったから、とんとん拍子で話が進み、道場で剣闘士としての修行を積むことを許されたらしい。

「もう十年以上も前の話だ」

用心棒は懐かしげに云った。

「先代は、いずれ俺が独り立ちしたら小屋主になってやる、だから頑張れ、なんて云ってくれたんだがね。残念ながら、そううまくはいかなかった。例の大地震で先代は亡くなっちまったし、跡を継いだ当代も西の廓がすっかり焼けちまったもんだから、しばらくは剣闘どころじゃなくなっちまった。おまけに俺も試合で怪我して利き腕をなくしちまったからな」

どうにか残った左腕で稽古を積んでみたものの、やはり片腕では思うように闘うことができず、彼は剣闘士の道をあきらめて西の廓に戻ってきた。そして蓮華楼に改めて雇われ、用心棒を務めるようになった。以来、自らの故郷ともいうべき《ミーレの館》をときおり訪れては、子供たちとたわむれて過ごすのだという。

「だからイェン・リェンのことも、それこそちっこいころから知ってるのさ。またずいぶんと俺のことを慕ってくれたしな。ずっとお兄ちゃん、お兄ちゃんて呼んでくれてたなあ。俺もほんとの妹みたいに可愛がったもんだ」

「あれ」

　マリウスは驚いた。

「じゃあ、きみたちって兄妹じゃないんだ」

「違うさ。当たり前だろう」

　チェン・リーは苦笑した。

「俺たちは誰が親かも判らずに育ってるんだから。まあ、万が一ってこともないわけじゃないがね。ともあれイェン・リェンと俺は血は繋がっちゃあいねえよ、たぶんな」

「なあんだ。イェン・リェンはきみのことを兄さんって呼ぶし、名字もおんなじだからてっきり」

「名字はな。俺たちの名字は、《館》で俺らを育ててくれた乳母のもんなのさ。俺とイェン・リェンを育ててくれた乳母が同じってこと。まあ、そういう意味じゃあ、乳兄妹ってやつにはなるのかね」

「ふうん……」

確かにごつくて強面のチェン・リーと、可憐で愛らしいイェン・リェンにはちっとも似たところがない。マリウスもなにかにつけて兄ナリスと引き比べられ、似ておらぬ兄弟だと云われたものだが、それでもチェン・リーとイェン・リェンほどかけはなれてはいないだろう。

「ところでお前、リナおばさんになんの用だったんだよ」

「ああ、それは……」

マリウスは少々ためらったが、昨日イェン・リェンから聞いた話についてかいつまんで話した。むろん、彼の本当のもくろみについてはおくびにも出さぬ。

「なんだかもう、イェン・リェンのことが可哀相でしかたがなくてさ」

マリウスは思い出しながら憤った。

「こうなったら、ぼくがイェン・リェンのお母さんを探してやろうと思って」

「ふうん」

チェン・リーはあごをなでながらしばらく考えていたが、やがて肩をすくめて云った。

「まあ、気持ちはわからんでもないがな。悪いことはいわん。やめとけ」

「え？」

マリウスはちょっと驚いてチェン・リーの顔を見た。

「どうして」

「どうせ見つからねえだろうし、見つかったからって、ろくなことにならんこともあるからさ」

「なんでさ」

マリウスはむっとした。

「そんなの、やってみなけりゃわからないじゃない」

「まあ、そうだが——実は俺もな、ちっちぇえころは母親ってもんに憧れてなあ。会いてえ、会ってみてえと思っていたもんさ」

チェン・リーは遠い目をした。

「で、実際、探してみたのよ。駄目もとでさ。ほれ、俺は運よくさっさと廓をでることができたからな。で、剣闘士の修行中に道場の仲間に手伝ってもらったり、自分でもあちこち歩きまわったりしてさ。——そしたらまあ、ちょっとした奇跡みてえなことがあってな。なんと見つかっちまったのよ、これが」

「ほんとに？」

マリウスはまた驚いてチェン・リーを見あげた。

「それで？　どうしたの？」

「どうもこうもねえよ」

チェン・リーは肩をすくめた。

「さっそく手紙を送っちゃみたが、いつまで経ってもなしのつぶてでな。それで業を煮やして会いに行ったんだが、実に迷惑そうだったよ。もう旦那とのあいだに三人も子供がいたしな。俺のことなんざあ、いまさらって感じでな。まあ口じゃあ、ごめんね、なんて云ってたけどさ。いまじゃああたしも旦那がどうの、三人の子供がどうの、ってごちゃごちゃと……まあ、要するに俺が邪魔だってことを盛んに遠回しに云うわけさ。さすがに堪えたよ、あれは。こっちはてっきり、向こうも喜んでくれて、うれし涙のひとつも流してくれるんじゃないか、なんて勝手に思っていたもんだからさ。でも、そういう話って別に珍しくないぜ。俺のまわりじゃあな」

「うーん……まあね、そういうひともいるのは知ってるけど」

マリウスはしぶしぶ認めた。

「ぼくの腹違いの兄も、母親とはぜんぜんうまくいってなかったし」

兄ナリスの生母であるラーナ大公妃は、聖王家の掟に従って甥アルシスと愛なき結婚をし、ナリスを産んだものの、息子を抱くことも、自らの乳を与えることも一度もなく、産褥からそのまま乳母に渡してしまった。いっぽうでプライドは高く、夫が愛妾に産ませた子を蔑んでいたため、長らくマリウスは日陰の存在であることを強いられたという経緯がある。

「だろ？　そういうもんだって」

　チェン・リーはうなずいた。

「ま、それでもう、親のことはすっぱり忘れることにしたのさ。——だから、イェン・リェンの親を探すってのも、どうかと思うぜ。もしかしたら俺のとは違って優しい親かもしれんが、たとえ見つかったとしても、廓のしきたりじゃあ、イェン・リェンを会わせてやるわけにはいかんからなあ」

「しきたりね」

　マリウスはぶつぶつと云った。

「イェン・リェンも云ってたけどね。そんなにしきたりが大事なのかね」

「廓の人間だからね、俺も。廓のおかげで飯くってるわけだから、そこからはそうそう逃れられんのさ」

　チェン・リーは寂しげに笑った。

「それに自分の母親のことを思うとな。そのしきたりも悪くねえのかも、と思うぜ。俺もそれを守って余計なことをしなけりゃ、泣く泣く俺のことをあきらめた優しい母親っていう夢を見つづけていられたわけだからな」

「まあ、そうかもしれないけど……」

「まあ、探したってまずみつからねえよ。俺はたまたま運良く——というか、運悪くというか、母親が見つかっちまったけどさ。そもそも遊女の年季は十年で明けるんだぜ。ってことは、イェン・リェンの母親はとうに年季が明けて廓の外に出てるはずだ。みつけるのはそう簡単なことじゃねえ。特によそもんのお前にはな」

「…………」

「それにあの年ごろの《館》の子ってのは、ほんとの孤児も多いと思うんだよ。ほれ、あいつらが小さいころの大火事でさ、何百人もの遊女が焼け死んじまったからな。イェン・リェンの母親もそのときに——ってことも大いにありうる話だろ」

「うーん……」

マリウスは唸った。

「まあ、きみのいうこともわからないじゃないけどさ」

「だいたいさ、そういうお前の母親はどうなのよ。優しかったのかい」

「そりゃあそうさ。当たり前だよ」

マリウスはちょっと突っかかるように云った。

「ぼくが小さいときはずっとそばにいてくれてさ。歌を教えてくれたり、ぼくの好きな料理を作ってくれたり。熱が出たときはつきっきりで看病してくれたり。叱られたりもしたけど、それはぼくがほんとうに悪いことをしたときだけで、叩かれたこともない。なにがあってもぼくを守ってくれて——何かのときにぼくをかばって怪我をしたこともあったよ。そのときも母さまは自分のことなんかよりも、ぼくのことを大丈夫かって、怪我はないか、って心配してくれて、無事でよかったって泣きながら抱きしめてくれて――でも、それってぼくの母さまだけじゃないと思うよ。そういう母親ってたくさんいると思う」

「そんなもんかねえ。俺にはよくわからねえけどなあ」

チェン・リーは小さく首をかしげた。

「でもさ、そんな母ちゃんでもお前を残して死んじまったわけだろう？　前に聞いた話だとさ。お前の父ちゃんのあとを追って。とっとと。ひとりで」

「う……」

「お前、パロの出だったよなあ。その旦那のあとを追って嫁さんが死んじまうってのはあれか？　パロのしきたりってやつか？」

「そんなことないよ」

「だったら、なんでよ。なんで死んじまったのよ」

「だから、それは、その……母さまはとても父さまのことを愛していて、だから父さまが亡くなった寂しさに耐えられなくて、それで……」

「それで、可愛い可愛い息子を置いて死んじまったってのか？　お前のいう優しい母親ってやつが？　それじゃあ、お前の母親はさ、生きてる自分の息子よりも、死んじまった旦那のほうを選んだってことじゃねえか。こんなこと云っちゃあ悪いが、お前がいうように、お前のことを心から愛していたっていうなら、そんなことするか？」

「それは……うぅ」

マリウスは言葉に詰まった。

「それは、だから、その……その……どうしてなのか、ぼくにだってよく判らないよ！ぼくはそのときたったの八歳だったんだから！　だから判らないけど、でも、でも……きっと母さまにはどうしようもないような、なにか事情っていうか、なんていうか……そういうものが……」

「ほら、な？」

チェン・リーは勝ち誇った顔をした。

「だからそういうさ、なんか事情があるんだよ。誰にでもさ。お前の母親もそう。俺のおふくろもそう。それだけじゃなくて、廓の遊女たちはみんなそうなんだよ。きっとイェン・リェンの母親もな」

「ううん……」

「だから、イェン・リェンのことはそっとしておけ。それが一番なんだよ。そう思うけどな、俺は」

「……………」

マリウスはとうとう黙りこんでしまった。

（事情、か……）

生きている息子よりも死んだ夫を母は選んだのか、というのは、もっともな疑問だとマリウスも思う。彼自身とて、マルガにいたころはそう思い、母を恨みながら育ったのだ。だが、それでも生前の母エリサが、自分を誰よりも愛してくれていたことは確かだ。いまでも母を思うだけでよみがえってくる優しい声やぬくもりが、いつわりのものであるわけがないと固く信じている。母から存分に受けた愛情は、いまもマリウスの身と心、すべてにしっかりと染みこんでいる。だが、ならばなぜ母はマリウスを――幼いディーンを残して逝ってしまったのだろう。

（ほんとうに母さんは、生きているぼくよりも亡くなった父さまを選んだんだろうか）

（でも最後にごめんね、と云った母さまは、いつもと変わらぬ優しさだった……）

（だから、母さまがああして亡くなったのには――）

やはり自分が知らない、なにか別の事情があったのだろうか――と思えてくる。

（母さまは、なにを考えていたのだろうな……あ、そういえば）

マリウスはふいに思い出した。

（イェン・リェンは母さまの絵姿をみて、ジャスミンに似てるっていってたな……）

（ぼくにはよく判らないし、あまりそうであってほしくないような気がするけれど――

でも、まあ、そうなのかもしれない。どことなくパロっぽい話し方をするし――）

（でもジャスミンって――どうして遊女になったんだろう。それこそ、なにかよほどの事情があったんだろうけれど……）

「――ねえ、チェン・リー」

マリウスは用心棒に問うた。

「ジャスミンってさ、故郷はどこ？　パロのひとのような気がするんだけど」

「なんだよ、いきなり」

チェン・リーは面食らったようだった。

「なんでそう思うのよ」

「いや、話す言葉がさ。なんとなくパロっぽい感じがするから」

「へえ、そうかい。――いや、どこの出かは知らねえなあ。そもそも、ジャスミンはヨウィスだってんだろ？　流浪の民の。だから故郷もなにもねえんじゃないのかね。まあ、ほんとうにヨウィスだかどうだかもわからんけどさ」

「そうか……」

「だいたい、遊女に昔のことを尋ねるなんてのは野暮の極み、ご法度みてえなもんだからな。ジャスミンが自分で話すならともかく、こっちから聞くってのはな。まあ、お前もそんなことを知らねえほどぶじゃねえだろうが」

「まあね。そうなんだけど」

「ま、あんまり深く関わるもんじゃねえよ。さっきも云ったが、みんないろいろ事情がある。それにお前はじきにここから出てゆく身だ。ジャスミンのことも、イェン・リェンのことも、そっとしておくこった」

「ううん……」

マリウスは再び口を閉ざした。二人のあいだをさやさやと風が流れてゆく。

いつの間にか日はだいぶ傾き、仲通りに軒を連ねる妓楼も夜見世を控えて慌ただしいようすを見せはじめていた。煮炊きの匂いや香のかおりがただよいはじめ、西の廓の一日がいよいよ始まる気配が色濃くなるなか、用心棒と吟遊詩人は押し黙ったまま、肩を並べて運河沿いの道を歩いていた。

と、ふいに、

「おお、そうだ！　忘れてた」

チェン・リーが突然ぱんっ、と腿をたたき、大声をあげたものだから、マリウスはびくっとしてふりむいた。

「なんだよ、びっくりするじゃないか」

「ああ、すまん、すまん。いや、ほら、あれをさ。お前に頼まれていた例のヤツ、あれを渡すのをすっかり忘れてたからさ」

「え？」

マリウスはきょとんとした。

「なんだっけ？」

「あれだよ、あれ。あのパロの《死の婚礼》の話だよ！　お前、あれについて詳しく知りたいって云ってたじゃねえか。ちゃんと調べといたぜ。いや、つい、ころっと忘れちまってた。蓮華楼に戻ったら、さっそく渡すからさ。——おう、なんていってるうちにもう着いちまったじゃねえか」

チェン・リーはさっさと蓮華楼の裏へまわり、通用門をくぐると、使用人部屋へと続く入口で急いで履物を脱ぎながら、マリウスを振りかえって云った。

「そしたらマリウス、部屋に戻って待っててくれ。俺はちょいとみなに挨拶して、それから例のものを取ってくるからさ。すぐに持ってくるからな。ちとのんびりしててくれ」

「あ、ああ、うん」

マリウスは少々気押されながらうなずいた。その視線の先を用心棒がばたばたと小走りにかけてゆく。マリウスはなんとなく沈みがちな気分を抱えながら、ぼんやりとした足取りで部屋に戻っていった。

2

（そういえば、そんなことを頼んでたんだっけ）

部屋に戻ったマリウスは、そのままベッドの上に体を投げだすと、頭の下で手を組んで天井を見つめた。

もともとナリスが暗殺されたという噂を聞いて、その真相を確かめるべく、情報を求めてタイスを訪れたマリウスだったが、この妓楼で時を過ごすうちに、そんなことはどうでもいいような気分になりつつあった。だが、彼がこの部屋で意識を取り戻し、その後でチェン・リーが何度か謝罪に訪れてきた際に、そのことを調べてみてくれと頼んだのは確かだった。

（もうすっかり忘れてたよ。それよりいまは母さまのことのほうが……）

チェン・リーに改めて突きつけられた母エリサの自死の謎。その謎がいま、再びマリウスの心に大きな影を落としはじめていた。

（母さまに、いったいなにがあったんだろう）

(まだぼくがいたのに、なぜ父さまのあとを追って死んでしまったのか)

(しかも、ただの自死じゃない。わざわざすべての食事を絶って死んでしまうなんて)

さぞ苦しい死であっただろう——とマリウスは思う。そしてよほどの意志がないとできないことでもあると。

(いったい、母さまはなぜそんな死を選んだのだろう)

(わからない。さっぱりわからない……)

マリウスが大きくため息をつき、寝返りを打ったときだった。

「——よう、待たせたな。ちょっと遅くなっちまった」

いつものようによく響く胴間声とともに、チェン・リーがマリウスの部屋に入ってきた。その手には、何枚かの羊皮紙が握られていた。

「ほれ、こいつだ。これにまとめといたから読んでみてくれ。それなりに裏は取っておいたから、かなり確かなはずだ」

「あ、ああ、うん。ありがとう」

マリウスはのろのろと体を起こし、礼を云って羊皮紙を受け取った。

「役に立つといいんだけどな」

チェン・リーは目もとをちょっとほころばせて出ていった。

(ふう……)

マリウスはベッドにふたたび横たわると、気が進まないながらもぱらぱらと羊皮紙をめくってみた。そこには金釘流ではあるが、ワン・チェン・リーの人柄を表すかのように丁寧な文字が並んでいた。

（過日、パロ聖王国の首都たるクリスタル・パレスにて）

（パロ第二王位継承権者たるクリスタル公アルド・ナリスが暗殺され）

（巷間ではそれを《死の婚礼》事件といいならわすなり）

へえ——とマリウスは思った。

先ほどの神隠しについての覚書では気づかなかったが、見かけによらず——といっては失礼ながら、チェン・リーも意外に学があるようすで、しっかりとした文章が並んでいる。それもずいぶんと細かく調べてくれたらしい。うしろのほうには参列者の内訳や、婚礼のおおまかな進行までが書いてある。マリウスは少し真剣に目を通しはじめた。

（事件が起きたのは、蝶の年紫の月ルアー旬一日、通称《サリアの日》）

（サリアの塔の《サリアの間》にてモンゴール公女アムネリスとクリスタル公アルド・ナリスの婚礼がとりおこなわれ）

（各国の王族、貴族、武将たちが多数参列するなか、サリアの誓いが行われようとした、そのとき）

（参列者から突如、暴漢が飛び出し）

（ナリス公に斬りつけ）
（ナリス公は腕に傷を負い、暴漢はただちに取り押さえられ）
（公の傷は軽傷なるも、毒を使われ、まもなくナリス公は死亡）
（使われたのは猛毒ダルブラとみられる）
（取り押さえられた暴漢の名は）
（暴漢の名は――）
「――えっ？」
マリウスの目がふいに釘付けになった。彼は思わず身を起こした。
（暴漢の名は、アストリアス）
「――なんだってえ？」
マリウスは羊皮紙のはしを握りしめ、そこに記された文字を食い入るように見つめた。
（暴漢の名は、アストリアス。モンゴールのもと赤騎士隊長アストリアス――だと？）
（そんな――）
（そんな、馬鹿な）
（だって――だって、アストリアスは、ぼくが――）
マリウスは呆然とした。
モンゴールの子爵にして、《ゴーラの赤い獅子》の二つ名で勇名をはせたアストリアス――

　それはマリウスにとって因縁浅からぬ人物であった。

　マリウスがアストリアスに出会ったのは、彼がまだパロの、そして兄ナリスの密偵を務めているときのことだ。アムネリスに横恋慕して祖国を出奔したアストリアスが、公女を追って国境の宿場町ユノに入ったとき、その妙なふるまいに気づいたマリウスが、偶然をよそおってさりげなく近づいたのだ。

（そしてぼくはアストリアスに黒蓮の術をかけ、兄の手下《てか》の魔道士たちと合流した）

　魔道士たちが催眠術によってひきだしたアストリアスの話は驚くべきものだった。クリスタル陥落以来ゆくえ知れずであった聖双生児――リンダ王女とレムス王子が辺境の地、蛮族と怪物の跋扈《ばっこ》するノスフェラスにいたというのだ。そして、二人を守護していたのが、グインと名乗る豹頭人身の謎の超戦士であったという。

　それを聞いたマリウスは、そのアストリアスの証言の真偽を確かめるべく、いそぎノスフェラスへと向かった。そして、その中途でトーラスに立ち寄ったとき、ミアイル公子と運命的な出会いを果たしたのであったが――

（でも、あのあと魔道士たちが、アストリアスをリーナスに……リーナス伯とヴァレリウス魔道師に引き渡したはず）

（そして、そのことは兄さんだって当然知っていたはずだ。なのに――）

(なのに、そのアストリアスが、兄さんを殺した、だと?)

(なぜだ)

(なぜだ。なぜだ。なぜだ)

暮れを告げる鐘が遠くで鳴った。それと同時に大門が開き、廓のあちらこちらから遊女の嬌声や若い衆の呼び込みの声がたちまち流れてくる。だが、その喧騒もいまのマリウスの耳には届かなかった。

(もし——)

(もし兄さんを殺したのがあのアストリアスだというなら、その犯人は——本当の犯人は、モンゴールなんかじゃない)

(パロだ。パロの誰かだ)

(いったい誰だ。魔道士の誰かが裏切ったのか。それともリーナスか、ヴァレリウスか。あるいは魔道師ギルドか——)

(それに、もしそうだとすれば)

その兄が殺されたまさにその日、トーラスの宮廷で無残に奪われた幼い公子の命。これまでその命令を下したのは兄だと信じて疑っていなかったが——

(だけど、ぼくはナリスと直接、言葉をかわしたわけじゃない)

(ぼくにナリスの命令を伝えたのは魔道士だ。ロルカだ)

（そしてぼくがアストリアスを尋問したときも、ロルカはその場にいた）

（もし、ほんとうに兄を殺したのがアストリアスだというのなら、ロルカは、あの魔道士は――）

トーラスとクリスタル、遠く離れた二つの都で同時に起こった暗殺劇のどちらにも深く関わっていた、ということにならないだろうか。それも、どちらも暗殺者側として。

（くそっ）

マリウスは手にした羊皮紙をぐしゃりと握りつぶした。

（何が起こっているんだ。何が起こったんだ。クリスタルでいったい何が。兄さんに、魔道士たちに、パロに、モンゴールに、いったい何が）

（ぼくはまんまと騙されていたのだろうか。ロルカに。あのいまいましい魔道士に）

（いずれにせよ――）

兄ナリスの死。公子ミアイルの死。さらには母エリサの死。その遠く距離を隔て、あるいは遠く時を隔てた三つの死の謎を解く鍵は、おそらくはすべてクリスタルにある。

（どうする、マリウス。いや、アル・ディーンよ）

（クリスタルへ戻るか？　一度ならず、二度までも出奔した――決して戻らぬと誓った祖国へまた戻るのか？）

（いや……）

「――ロルカ！」

マリウスは中空を見つめ、低く叫んだ。あの得体の知れぬ魔道士が、よもや自分をまだ監視しているのではないかと思ったのだ。

「ロルカ！　いないのか？」

だが、いらえはなく、魔道士が姿を現すこともない。マリウスは目をつむり、残る五感を研ぎすませて探ったが、あのもやもやとした魔道特有の気配はみじんも感じられぬ。

（ちくしょう）

マリウスはぎりっと歯がみをした。

（ロルカめ。余計なときばかりしゃしゃり出て、肝心なときには姿を見せないんだからな）

（これは、やはり――やっぱり、クリスタルに戻るしかないのか……）

（だとすれば……イェン・リェンとの約束をどうするか……）

マリウスが唇を噛んだ、そのとき。

とんとん、と軽く部屋の戸を叩く音がして、マリウスを我にかえらせた。

「はい。どうぞ」

「失礼します」

すっと戸が音もなく開いて、姿を見せたのはジャスミンだった。もうすっかり化粧をすませ、その代名詞でもある妖艶できらびやかなヨウィスの衣裳に身をつつんでいる。遊女額の《ヨウィスの星》が鮮やかに光り、馥郁《ふくいく》とした茉莉花のかおりがたちこめる。遊女はたわやかな笑みを浮かべながら、慎ましげに云った。

「お休みのところ、申し訳ございません」

「あれ、どうしたの」

マリウスは少々たじろいだ。いつもとかわらぬ優しげな表情だが、どうにもこの遊女には気がおける。

「こんな時間に。もう夜見世ははじまったんじゃないの」

「わたくしのお客さまをお迎えにあがるまでには、まだ時間がございますので――」

「ああ。――で、なにかあったの？」

「あの、ワン・イェン・リェンはこちらへお邪魔していませんでしょうか」

「いないの？」

「ええ」

「来てないよ。今日は。ぼくもずっと出かけていたし」

「そうですか……また、どこにいってしまったのかしら……」

ジャスミンが珍しく難しい顔をみせたときだった。

「おや、どうしたんだい、ジャスミン。こんなところで」

廊下からひょいと顔をのぞかせて、遣り手のヤム婆さんが声をかけた。

「ああ、ヤム婆さん。イェン・リェンを知らない？　こんな時間に、また姿が見えないのよ」

「イェン・リェンなら、ノヴァルさまに呼ばれていたようだけれどもね。離れに来いと」

「楼主に？　離れにですって？」

ジャスミンの目がけわしくなった。

「いつ？」

「一刻《ザン》ほど前だよ」

「なぜ？」

「なんだい、おっかないね」

ヤム婆さんはややひるんだようだった。

「アイノ遊廓のガン・ローさまと紅夢館のラン・ドンさまがいらしてるんだよ。お話し合いにね。それでワン・イェン・リェンにそのお相手をさせたいって。勉強になるからってさ。師範役のフー・チャオと一緒にね。別に珍しいことじゃないだろうに」

「あら、そう」

ジャスミンの表情が少し和らいだ。

「それならまあ、いいけれど。でも、わたくしにはひとこと声をかけていただかないと。しかたないわね。――マリウスさま、どうもお騒がせいたしました」

「ああ、ぼくならぜんぜんかまわないけど。――あ、そうだ、ジャスミン」

マリウスは去りかけたジャスミンに声をかけた。

「その、イェン・リェンのことなんだけど」

「なんでしょう」

「昨日、イェン・リェンにキタラを教えたんだけどさ。あの娘、とてもキタラのすじがいいんだよ。すごく教え甲斐があるっていうか。だからしばらく、ぼくがここにいる間はじっくり教えてあげたいと思うんだけれど、どうだろう」

それを口実に、イェン・リェンをここから連れ出す算段をしておこう、というのがマリウスのひそかなもくろみだった。もしクリスタルに戻ることになれば、とりわけ急ぐ必要がある。むろん、遊女見習いが芸事を習うのは悪い話ではあるまいから、ジャスミンも二つ返事で承知するだろうと思ってのことだ。

だが――

しばし、じっと考えていたジャスミンからの返事は意外なものだった。

「マリウスさま」

その固い声音に、マリウスはぎくりとした。みれば、ジャスミンの顔に笑みはなく、口もとがややこわばってみえる。

「お世話になっておきながら、このようなことを申し上げるのは大変心苦しいのですけれど——あまり、イェン・リェンをおそばに近づけないでいただけないでしょうか。このところ、毎日のように、あの娘がおじゃましているようですけれど」

「えっ？」

　マリウスは少々耳を疑った。やはりこの人の本心は見えぬ——との思いがよぎる。

「どうして？　別にぼくはなにも——ただ、イェン・リェンを喜ばせようと思って、旅の話をしたり、キタラを教えたりしていただけなんだけど……」

「困るのです」

　ジャスミンはやや目を背けながら云った。

「そんなことよりも、あの子には、いま覚えなくてはならないことがたくさんあるのです。この蓮華楼には、貴族のかたや大商人、名高い武将、そういった方々が大勢いらっしゃいます。わたくしたち遊女は、そのお相手をきちんと勤めなければなりません。そのためには、いろいろな芸ごとや教養を身につけておかなければならないのです。歌えといわれれば歌い、踊れといわれれば踊り、弾けといわれれば弾き——時には政りごとや商い、戦《いくさ》に関わるような難しいお話だって、きちんとお相手できなければならないこともあるのです。そのためにはただ、そのへんの寺子屋で習うような読み書き算術さえできればよい、というものではないのです」

「そんなの」

　マリウスは思わず抗議した。

「いまじゃなくたっていいじゃない。だいたい、イェン・リェンはそういう勉強をしたいと思ってるわけ？　本人が勉強したいと思ってるならいいけど、そうでないなら、そういうのを無理矢理やらせてはイェン・リェンが可哀相だよ。ぼくだって、こうして詩人になるまで、いろんなことを無理矢理やらされたけど、それはもう嫌で嫌で仕方なかったんだから」

「マリウスさまがどうだったかは存じませんけれど」

　ジャスミンがいつになくぴしゃりと云った。

「それはあの子とは関係ありませんわ。もちろん、あの子はまだ十二です。廓の作法もまだおぼつきませんし、口の利き方もなっていませんけれど、いまはそれでもかまわないでしょう。まだ遊女見習《イェリャン》いなのですから。でも、あの子もあと五年、十七になれば遊女として妓楼にあがらなければなりません。それまでには、きちんと素養を身につけていなければ、いざお客さまにあがっていただいたときに恥ずかしい思いをするのはあの子なのですよ。ものを知らぬ、できぬというのは、特にわたくしどものようなものにとっては怖ろしいことなのです。そして悪い評判というのは、あっという間に広がるものです。あそこの遊女は歌えぬ、踊れぬ、ろくに受け答えもできぬ、などという噂は。もし、そんな噂が広がってしまえば、あの子の遊女としての人生は終わったも同然なんです。下手をすれば、この蓮華楼などよりもずっとひどい、それこそ場末のあいまい宿にでも身を落とすしかなくなってしまうかもしれない。そうなればもう、そこには本当の地獄しかないのです」

ジャスミンの切れ長の目がマリウスを厳しく見つめた。遊女は深々と頭をさげた。

「だから、どうぞあの子の邪魔をしないでください。あの子のために」

「──いやだね」

「え？」

「嫌だ」

あっけにとられたように顔をあげたジャスミンに、マリウスは強い口調で云った。

「ぼくは嫌だよ。そんなのはおことわりだ」

「──なんですって？」

「昨日もイェン・リェンに話してたんだけど、ぼくはそういうのがだいっきらいなんだ。きみはイェン・リェンのことを可哀相だとは思わないのか。ただこの廓で生まれたっていうだけで、勝手に将来は遊女になるなんて決められちゃってさ。そのために廓の外に出してももらえない。好きなことをやらせてももらえない。それどころか、いまはこの妓楼からさえもでられないっていうじゃない。確かにこのところイェン・リェンは、ずいぶんぼくのところに来てたけど、でもそんなに長い時間じゃない。一日に一ザンも来てるかどうかってところじゃないか。しかも、ちっとも外に出られないっていうんだから、せめてぼくのところに来るくらい、許してやるべきだと思うけどね。だいたいキタラを習ってなにが悪いんだ。確かにこの廓じゃあ、琴だの竹笛の音ばかりで、あんまりキタラの音は聞こえてこないみたいだけど、でもキタラだって芸ごとのうちじゃないか」

「向いてませんもの。あの子には。キタラなんて」

ジャスミンがむっとしたように云った。

「時間の無駄です。そんなの」

「ほら、そうやって勝手に決めつける。そういうのが腹立つんだよ！」

マリウスは興奮して叫んだ。

「時間の無駄かどうかなんて、やってみなくちゃわからない。きみはイェン・リェンにはキタラは向いてない、っていうけど、ぼくはそうは思わない。まったく思わない。さっきもいったけど、イェン・リェンはすじがいい。それは間違いないね。一生懸命練習すれば、それこそキタラの腕だけで食べていけるようになるかもしれない。ぼくみたいにね。そうすれば、イェン・リェンは遊女にならなくたってすむかもしれないじゃないか」

「そういうわけにはいかないんです」

ジャスミンの顔が紅潮しはじめた。

「何も知らないくせに、勝手なことをおっしゃらないでください」

「そもそもさ。なんでイェン・リェンはお母さんの顔も知らないんだよ」

「はあ？」

「そりゃあ、ぼくだって馬鹿じゃない。遊女の子に生まれるっていうのがどういうことかは判るよ。きちんと愛して、愛されて、そうして授かった子ではなくて――もしかしたら、そういう子もいるのかもしれないけれど、でもそういう子はとても少なくて、だいたいはたまたまできてしまった子で、そういう可哀相な――もちろん、父親が誰かなんて判らない子がほとんどだろうし。でも、お母さんは誰だか判ってるはずじゃないか！　それなのに、なんでお母さんが誰なのかも教えてあげないわけ？　なんで会わせてあげないわけ？　そういう子がそばにいたら、遊女として働けないってのも判るけど、だからお母さんから離されて、孤児院で育てられるのもしかたないのかもしれないけど、でも、すぐそばに、おんなじ西の廓にいるんだよ？　会わせてあげたっていいじゃない！　それとも西の廓の遊女っていうのは、まがりなりにも自分が産んだ子の顔も見たくないって、そういう冷たい人たちばっかりなわけ？」

「そんなこと、あるわけないでしょう！」

ジャスミンは叫んだ。普段は聖母のような美しい顔が、いっしゅん険しくゆがんだ。

彼女の内面を覆い隠していた柔和な笑みは、すっかり影を潜めていた。胸もとからただよう茉莉花の香りがいつになく鋭く鼻を刺す。だが、マリウスは引きさがらなかった。

「だったらなんでさ。どうして誰も、自分が母親だって名乗ってあげないわけ？　例えば年季が明けてからだって、やろうと思えば子供を引き取れるわけじゃない。なのに――

――」

「いろいろ事情があるんです。廓には。あなたには判らない事情が」

「事情ってなんだよ！」

「だから、いろいろな事情です」

「まったく、きみといい、チェン・リーといい……」

マリウスは怒りにふるえた。

「廓のやつらはどうしてそう事情だの、なんだのと――くだらない。実にくだらないよ！　いったい……」

「あなたは本当に何も判っていない！」

ジャスミンは低い声でいった。先ほどまで紅潮していた頬は、一転して青ざめはじめていた。

「あなたは何も判っていないんです。意に沿わぬ子を授かることが、女にとってどれほど苦しいことか。そして生まれた自分の子と引き離され、乳を与えることも許されぬことがどれほど辛いことか。わたくしたちがわが子を抱けるのは生まれてすぐのほんの短いあいだだけ――それでもわたくしたちは生きていかなければならない。この廓という苦界のなかで。好きでもない男たちに媚びを売り、赤裸《せきら》をさらし、唇を吸われ、舌を舐《ねぶ》られ、乳をまさぐられ、貫かれ、犯され、穢《けが》され――そうして生きていかねばならないのですわ。わが子のことをむりやりにでも忘れて……でも、それで平気でいられる女などいるわけがない」

「……………」

「わたくしも、何人もの遊女仲間がそんな子を授かり、産み、引き離されるのをみてきました。いろいろな遊女がおりましたわ。産んだ子が愛しい、会いたい、抱きたい、と毎夜のように涙する娘をわたくしはおおぜいみてまいりました。もちろん、なかには憑きものをおろしたかのようにさばさばとしている娘も、好きでもない男との子など二度と見たくない、とそっぽを向く娘も少なからずおりましたけれど……それでも、思いはどうあれ、十月《とつき》ものあいだ、おなかで育てた子ですもの。そうして子と引き離された娘たちはみな、どこか虚ろなところがありましたわ。魂を――少なくともそのなにがしかを失ってしまったようなところが。その魂はけっして戻ることはない、とわたくしは思います。わたくしだって——女にとって子というのは、やはり魂の分け身なのですわ。遊女のなかには年季が明けて、あるいは落籍《ひか》されて、いまでは普通の女として市井《しせい》で幸せに暮らしているものも多くおりますけれど、それでもそのときに失われた魂が戻ることはおそらく決してないのです」

「——でも」

マリウスはなおも抗議しようとした。

「それなら、なおさら……」

「どうにもならぬことがあるのです」

ジャスミンはきっとしてマリウスをみつめた。その瞳は潤んでいた。

「わたくしたちは、どの子がわが子なのか、決して教えてもらうことはできません。《ミーレの館》を訪れることもできません。娘たちが《館》を出て遊女見習いになり、あるいは男の子ならば廓で下働きをはじめるようになるころには、ほとんどの遊女は年季が明けて、もう廓にはいない。そしてもう、わが子の顔を見る機会はない——そうしてみな、泣く泣くわが子のことをあきらめるのですわ。自らの魂にぽっかりと空いた虚ろを生涯かかえながら」

「だけど……」

「わたくしの母もそう――わたくしは十三で母に売られてこの廓へまいりました。その母を恨まなかったといえば嘘になります。でも、貧しくて、食うや食わずだった母や弟が生きていくためには――そしてわたくしが生きていくためには、そうするしかなかった。母はわたくしと弟を生かすために、わたくしを女衒に売らざるをえなかった。そのこともよく判っていました。そのことが判らないほどの子供ではありませんでしたもの。そして母がそのことでどれほど傷つき、自分を責めているだろうかということも――おそらくはそのとき、母の魂が少なからず失われてしまったであろうことも、いまのわたくしには判るのです。その母を――家族を生かすためにわたくしを手放さざるをえなかった母を、あなたは冷たい女だとののしるのですか？」

「いや、そんな……」

「そもそも、あなたのお母さまだってそうではないですか」

「え？」

「おっしゃっていましたよね。お父さまが亡くなられて、あなたと二人で残されたとき、お母さまは死を選ばれた。あなたを――まだ幼かったあなたをたった一人あとに残して。そのことをあなたはどう思っていらっしゃるのですか？　夫を愛して、その愛に殉じた立派な女性だと思いますか？　それとも幼い息子よりも亡くなった夫を選んだ冷たい女性だと思うのですか？」

「…………」

「あなたはお母さまの最期の言葉のこと、どう思っていらっしゃるのですか？　あなたの手を握り、ごめんね、と——愛している、と涙ながらにおっしゃったあの言葉。いくら幼かったあなただって判っていらしたはずです。あなたのお母さまが、幼いあなたをどれほど愛していらしたかを。そしてあれほど愛しておられたあなたを残して逝ってしまわれたとき、どれほど無念だったかということを。残してゆくあなたのことがどれほど心配だったか。どれほど不憫《ふびん》だったか。それなのに、あの言葉をあなたにかけたときの——かけなければならなかったときのお母さまのお心を思うと、わたくしは——」

「——ちょっと待って」

マリウスは鋭くさえぎった。

「ねえ、ジャスミン。なんだか、ぼくと母さまのことをずいぶんと知っているような口ぶりだけど——なんで、あなたにそんなことがわかるの？　ぼく、あなたに母さまのこと、そこまで詳しく話したことはないよね？　そんな、最期の言葉のことなんて」

「え……」

ジャスミンははっとしたように口もとを抑えた。その顔はみるみる青ざめていった。

「そう——でしたでしょうか」

「そうだよ。そもそもそんなこと、よほど親しいひとにだって話したことはない」

「え……でも、それは、その……あの……」

「どういうこと？」

マリウスは追及した。

「きみはいったい、どこでそんなことを？」

「いえ、その……わたくしは、その……なにも、そんなこと……」

「ねえ、どういうことなんだよ、ジャスミン。きみは――」

「――申し訳ございません！」

ジャスミンはいきなり身を投げだして平伏した。

「申し訳ございません、マリウスさま。わたくし……わたくし、なにか勘違いしていたようですわ。たぶん、他の――お客さまから似たようなお話をうかがって……それをてっきりマリウスさまからうかがったものと……ああ、なんてことを！　大変な失礼を申し上げました。どうぞお許しくださいませ」

「勘違いって」

マリウスは憮然として云った。

「勘違いだなんて、そんなの信じられないよ！　だって、いまのきみの話、ぜんぶそっくりそのまんまぼくのことだもの！　それが別のひとの話だなんて……そんな偶然、あるわけがないよ」

「マリウスさま、どうか……」

「ジャスミン、きみみたいな遊女にこういうことを聞くもんじゃないっていうのは知っているけれど――でも、教えてくれ。きみは、誰だ？　なぜぼくのことを――ぼくと母さまのことをそんなに詳しく知っている？」

「いいえ、いいえ！　わたくしは存じておりません！　ほんとうに勘違いなのです！」

　ジャスミンは手をもみしぼって訴えた。

「どうか、どうか信じてくださいませ。わたくしはご覧のとおり、ただの――ヨウィスを気取ったただの卑しい遊女でございます。どうか、どうかいまの話はお忘れくださいませ。お願いいたします。マリウスさま。他のお客さまにご迷惑が……」

「ぼくは、確かにずっと知りたいと思っていたんだ」

　マリウスはおかまいなしに云った。

「母が――あれほど優しくて、ぼくを愛してくれた母が、なぜぼくを置いて逝ってしまったのかということを。そう、きみのいうとおりだ。生前の母がぼくを愛してくれたことを疑ったことはない。だけれど、それなのになぜ……ねえ、ジャスミン。せめて教えてくれないか。もしなにかを知っているのなら、なぜ母さまは……」

「申し訳ございません。わたくしには判りません！　どうぞご堪忍くださいませ、マリウスさま」

ジャスミンは涙ながらに懇願した。

「マリウスさまのお心を乱すようなことをしてしまい、大変失礼いたしました。またお客さまのことをよそでお話ししてしまうなどということ、遊女としてあるまじきこと。お願いでございます。わたくしはなにも存じあげないのです。ただの勘違いなのですから、いまの話はどうかお忘れくださいませ」

「いや、だけど……」

「わたくしはもう戻らねばなりません」

ジャスミンはまたマリウスをひたと見つめた。その表情はこわばっていた。

「お客さまをお迎えする準備をしなければなりません。このたびのことはまた改めてお詫び申し上げます。今日のところは申し訳ございませんが、これで失礼させてくださいませ」

「待って」

マリウスは、逃げるように部屋を出ようとしたジャスミンに鋭く呼びかけた。

「判った。じゃあ、その話はあとにするよ——でも、イェン・リェンのことはどうするつもり？」

「イェン・リェンのことは、わたくしが責任を持って対処いたします」

ジャスミンは背中ごしに早口で云った。

「それについてもお詫びいたします。あの子はわたくしのお付きですもの。そもそも、マリウスさまのお気を煩《わずら》わせるようなことをさせるべきではございませんでした。——あの子には、あの子の生きなければならぬ道がございます。どうぞ、あの子のことはもうおかまいなく。では——」

といいながら、ジャスミンが去ろうとした——

その、ときだった。

「——きゃあああっ！　誰か、誰か！」

蓮華楼につんざくような女の悲鳴が轟きわたったのだ。

「どうした！」

「なにがあった！」

「誰だ！」

「どこだ！」

控えどころからいっせいに若い衆たちが飛びだしてきた。廊下に怒号が響く。

「誰か、ノヴァルさまが！　ノヴァルさまが！」

「ノヴァルさまがどうした！」

「な、亡くなって……殺されて……」

「なんだとお！」

「それに、ラン・ドンさまも、ガン・ローさまも……誰も彼もが――ああっ！」

遠くで誰かが倒れたような音。

「おい、しっかりしろ！」

「離れだ！　誰か離れへ行け！　ノヴァルさまの離れへ！」

「いそげ！」

あちらこちらの部屋の扉がいっせいに開き、遊女や客がなにごとか、と顔をだすなか、ばたばたと大勢が走りまわる足音が響く。若い衆たちはみな離れに走り、下女たちはいずれも青い顔をして廊下に立ちすくみ、妓楼はたちまち大騒ぎとなった。そのようすをマリウスはいささか呆然としてながめていた。そして、その横に立ちすくむジャスミンもまた。

「楼主が殺された――？　ガン・ローさまも、ラン・ドンさまも――？」

ジャスミンが放心したようにつぶやいた。

「そんな、まさか……誰が？」

「――ジャスミン」

マリウスは、はっとなった。

「さっき、ヤム婆さん、イェン・リェンはノヴァルさまに呼ばれた、って云ってなかった？」

「ええ……え？」

ジャスミンは驚いたようにマリウスをふりむいた。その目がみるみる丸くなっていった。

「え？　そう、ええ。イェン・リェンが楼主に、って……え？　でも……」

「まずい」

マリウスはつぶやいた。

「ジャスミン、イェン・リェンだ。イェン・リェンはどうした？」

「イェン・リェン――そう、イェン・リェンが！」

ジャスミンの顔がけわしくなった。彼女は悲鳴のように少女の名を呼びながら駆けだした。マリウスもあわててその後に続く。

「イェン・リェン――ワン・イェン・リェン！」

「イェン・リェン！」

遊女と吟遊詩人は夢中で廊下を駆けた。少女がいるはずの離れに向かって。先ほどまで諍いをしていたことなど忘れ、髪をふりみだし、服のすそにもかまいもせず、先を争うようにして、ただひたすらに無事を祈りながら――

だが、その二人の願いは無情にも届かなかった。

少女は消えてしまった。

ワン・イェン・リェンは忽然《こつぜん》と姿を消してしまったのである。

3

世界にその名を轟かせるサリア遊廓こと、ロイチョイの西の廓——

絢爛にして豪奢な快楽の街は、一瞬にして厳戒の街へと変貌した。

普段は夜通し開かれている大門は閉ざされ、通りには篝火が煌々《こうこう》とたかれた。廓のあちらこちらへと延びる路地を、赤々と燃える松明を持った男たちが行き来し、素性の知れぬものたちを見つけてはひったててゆく。後ろ手に縛られた男たちは、口々に抗議をさけんでいるが、廓の自警団や若い衆たちは容赦をせぬ。むろん、彼らのほとんどはただの客であろうし、本来ならばそのような扱いを受けることはあってはならぬはずだが、もはや廓の誰ひとりとしてそれにかまうものなどない。なにしろ、かの数年前の大火事以来、最大の危機が五百年の歴史を誇る大遊廓を襲ったのだ。

西の廓最大の妓楼、蓮華楼の主にして、その再建の立役者であったラオ・ノヴァル——タイスにその人ありと知られ、長年にわたり妓楼ギルド長を務めてきた彼が、あろうことか離れの自室で殺害されたのである。

しかも殺されたのは彼だけではない。彼のもとを訪れていたガン・ローとラン・ドン——ともに有数の大妓楼として知られるアィノ遊廓と紅夢館の妓楼主、西の廓第二、第三の実力者として知られる二人も、ともに変わり果てた姿で見つかったのだ。

その知らせはまたたく間に西の廓をかけめぐり、広大な遊廓はたちまち騒然となった。なにしろ、ことは蓮華楼やアィノ遊廓、紅夢館にとどまるものではない。これまで西の廓、妓楼ギルドの運営を一手に引き受けてきた重鎮三人が一気に失われたのだ。未曾有《みぞう》の事態に人々は右往左往し、とりあえず三人の遺体をそれぞれの妓楼に引き揚げて、ただ無駄な思案を繰り返していた。最初に異変に気づいた若い遊女を吟味してはみたものの、取り乱した娘はただむせび泣きながら首を横にふるばかりで一向に要領を得ぬ。そもそも、なにを聞き出せばよいのかすらろくに思いつかぬほど、みな動転していたのである。誰かが大門を閉めることを思いついただけでも上出来だっただろう。

事件が発生した当時、西の廓にいたものは客、遊女、遊女見習い、遣り手、若い衆、下女、妓夫、料理番、風呂番、針子、あるいは出入りの商人を問わず、すべて廓内に足止めされ、不安なときを過ごしていた。ことに事件の舞台となった蓮華楼のものたちはみな何も手に付かぬようすで呆然としていた。だが、そのなかにあってもひとり、気丈に振る舞うものがいた。ジャスミン・リーである。

なにしろ、彼女とてお気に入りの遊女見習い《イエリヤン》を失ったのである。その顔は蒼白ではあったが、それでも先頭に立って廓のものたちを叱咤《しった》し、しきたりにしたがってラオ・ノヴァルの遺体を清めさせ、死装束を着させ、離れの安置室に運ばせた。それはマリウスの目から見ても、さすがは西の廓に君臨する最高遊女なり、と思わせる姿であった。

ジャスミンの采配により、時を止めていた蓮華楼は、ふたたび動きを取り戻した。それを見届けたジャスミンは、事件の後始末を終えたワン・チェン・リーとマリウスを伴って、いったん自室へと引きあげた。そこで遊女と吟遊詩人は、用心棒からあらためて事件の詳細を聞くことになったのである。

「どうぞ、お入りください」

ジャスミンに招かれ、マリウスはそっと部屋に入った。

マリウスがジャスミンの部屋を訪れるのは、初めてのことだ。それはまことに美しい部屋であった。ヨウィスの流浪の民や遊牧民が暮らす穹廬《ユルト》を模した部屋は、鮮やかな真紅と金を基調としており、そこに淡い紫や緑、オレンジを散りばめた壁には、これまたヨウィス風に色とりどりの端布をあわせて縫いあわせた大きな帯のような衣裳が何枚もかけられていた。凝った装飾が施されたクム風の大きな飾り台の横からは、うす青いぼんぼりの灯火が部屋全体をうっすらと照らしている。奥まった場所にあるゆえ、空気は多少澱んではいるが、それでもふんぷんと満ちた茉莉花の香りが、その温気《うんき》を和らげていた。

半分開いた奥のとびらの向こうには、いくぶん淫靡な情をかきたてるよそおいの閨房《けいぼう》があり、華美なベッドがのぞいていた。それは一見、貴婦人が使うそれのようではあったが、そこで日々、何がおこなわれているのかはむろん明らかだった。マリウスはつと目をそらし、後ろめたい気分で部屋をあらためて眺めた。それは普段であればまさしく、男にとっての桃源郷のような場所であったろうが、いまはそれもなんとなくうさんくさく、いかにも作りものめいてみえるのは不思議なことだった。

「――どうやら、毒を盛られたようだ」

部屋に入って腰をおろすなり、チェン・リーは云った。

「ノヴァルさまが客人に供したアイナ茶のなかに、毒が混ぜられていたらしい」

「ていうことは、そのお茶を煎《い》れたのが犯人ってこと。それともお茶を楼主に渡したひとか」

マリウスの言葉に、チェン・リーは小さく首を振った。

「いや。料理番や下女の話では、そのアイナ茶はノヴァルさまが自ら取り寄せた特別なもので、少なくとも蓮華楼の者は誰も触れたことはないらしい。その茶葉をノヴァルさまが自ら封を切り、自ら煎れた、ということのようだな。あるいはワン・イェン・リェンに煎れさせたのかもしれんが。いずれにせよ、誰が毒を入れたのか、というのは簡単には判らん」

「そうか。——で、イェン・リェンのほうは？」

「まったく判らん。いったいどこへ消えたのか……。例の遊女の話がようやく聞けたんだが、楼主さまたち三人が離れの奥の座敷に入ったあと、彼女は次の間に控えながら、イェン・リェンに作法を教えていたそうだ。しばらくは三人だけで話し合いをされていたそうだが、やがてイェン・リェンだけが座敷に呼ばれ、遊女はそのまま待たされていた。それからだいぶ激しい口調の会話が聞こえていたが、やがてぱたりと静かになった。そして、なにかが割れるような音と、なにかがぶつかるような大きな音がした、というんだな。それで驚いた遊女がおそるおそる座敷をのぞくと、三人が倒れ、イェン・リェンの姿が消えていた、ということらしい」

「…………」

「奇妙なのは、イェン・リェンが入ってから座敷の入口は一度も開いていない、ということだな。座敷にはそれ以外に出入口はないし、窓もすべてはめ殺しで、入口を通らない限り座敷から出入りすることはできない。だから、イェン・リェンはまるで蒸発するように消えちまった、ということになる」

「そんなの……」

マリウスはつぶやくように云った。

「魔道としか思えないけれど。例の神隠しも魔道がからんでいるかもしれない、って話だったよね」

「まあ、そうだな」

チェン・リーはうなずいた。

「まともに考えれば、そうとしか考えられない話だ。まあ、俺には魔道のことはよく判らねえが」

「——離れの奥の座敷、といいましたね、チェン・リー」

じっと話を聞いていたジャスミンが口を開いた。

「楼主さまたちが殺され、イェン・リェンが姿を消したのは、離れの奥の座敷だと」

「ああ、そうだが」

「奥の座敷」

ジャスミンは遠くを見つめた。

「あそこは、もしかしたら……」

「なにか思いあたることでも？」

「ええ。——チェン・リー」

「ん？」

「いま、離れはどうなっているのですか？」

「離れなら、もうすっかり片付けも終わってるよ。ノヴァルさまをお送りする準備も整ったし、ご遺体も祭壇の部屋に安置されている。なにか気になることがあるのか」

「ええ。少し」

ジャスミンはチェン・リーに目を向けた。

「実はわたくし――蓮華楼へ連れてこられてからしばらくの間、あの離れで過ごしていたことがあるのです。もう十数年も前の話ですけれど」

「そうなのか？」

「ええ。もっとも大火の前ですから、いまの離れに建て替えられる前のものですけれど――でも、そのころも同じ場所に離れがあって――それで、そのとき、わたくしは……」

ジャスミンはうつむき、しばらく考えこんだ後、顔をあげた。

「マリウスさま。チェン・リー」

「なんだ、どうした」

「申し訳ありませんが、わたくしといっしょに離れに来てもらえませんか。ひとつ、確かめたいことがあるのです。だから――」

と、ジャスミンが云いかけたときだった。

「――ジャスミン！」

廊下がにわかに騒がしくなったかと思うと、扉ががらりと開き、小さな老婆が転げるように部屋に飛びこんできた。マリウスとチェン・リーは驚いて立ちあがった。老婆は息を切らせて叫んだ。

「た、たいへんだ！　たいへんだよ、ジャスミン！　チェン・リー！」

「ヤム婆さん！」

ジャスミンがあわてて駆けよった。

「どうしたの、ヤム婆さん！　なにがあったの？」

「いま、外から知らせがあって、湖の運河のそばのお堀に――」

老婆はあえぎながら云った。

「お堀に、お堀に――娘……若い娘が、うつぶせに浮かんでいるのが見つかったって――

――！」

「なんだって？」

チェン・リーが叫んだ。ジャスミンが青ざめた。

「そいつはまさか、イェン・リェンか？　そうなのか？」

「わからない」

ヤムは激しく首を横にふった。

「でも、もしかしたら……ああ、どうしよう。あの娘だったら……」

「確かめてくる！」

「ぼくもいく！」

チェン・リーとマリウスはすぐさま部屋を駆けだしていった。その背後から、ヤム婆さんの怯えた声が追いかけてきた。

「いやな予感がするよ……いやな予感がする。きっとこれだけじゃ終わらない……終わるわけがないよ。きっと蓮華楼はなにか悪いもんに取り憑かれちまったんだ。あたしにはなんだか、悪魔《セトー》の笑い声がどっかから聞こえてくるような気がするよ……」

老婆の震える声は、あやしき神官の託宣のように廊下を静かにただよっていったのだった。

マリウスとチェン・リーが駆けつけたとき、堀の横にはすでに人だかりができていた。

夜はまだ深く、月も沈み、普段ならおおぜいが行き交っているはずの客の姿もない。通りを照らしていた大きな提灯や篝火もすでに消され、空には西の廓では珍しい満天の星が広がっている。中空には銀河が流れ、北からは《白熊の星》が、東からは《ヤーンの目》が、地上であわてふためく人々を冷ややかに見下ろしている。

だが、むろん、堀の脇で小さな輪をつくる若い衆たちは、そんな夜空の美しさに気づくこともなく、それぞれに小さな手提灯をかかげ、輪の中心を見つめながら、なすすべもなく立ちつくしているのだった。

「――すまん、ちょっと通してくれないか。蓮華楼のものだが」

チェン・リーが輪の外から声をかけると、彼らに気づいた男たちが静かに道を開け、輪のなかへ通してくれた。そこには、全身ずぶぬれの小さな娘が意識を失い、力なく横たわっていた。そのそばでは顔なじみの医者が、大勢の助手に手伝わせながら、娘の胸をおして水を吐かせたり、気付け薬を嗅がせたりして、せわしなく介抱していた。

マリウスは手提灯のかぼそい灯りにたよって娘の顔を確かめようとしたが、医者の背中に隠れてよく見えぬ。身につけている服は帯がほどけ、だいぶはだけて娘のほっそりとした体があらわになってしまっている。だが、その服は極彩色で美しく、廓の遊女たちが身につけるものにそっくりだった。その体つきからして、娘がまだ少女であることは間違いない。

（ああ、ヤヌスよ！）

マリウスは思わず祈った。その横では、用心棒もまた険しい表情で見つめていた。周囲からはざわざわと、諦めの気配が伝わってくる。

「こいつは……」

「駄目かね」

「かわいそうに……」

男たちが口々に云った。すると医者が首を小さく振りながら、ゆっくりと立ち上がった。壮年の医者は娘のはだけた着物をそっと直してやると、クムの作法にしたがって、死者への手向けの印を切り、まわりの男たちを見まわして云った。

「駄目だ。もうしわけない。もうわしの手では娘を救ってやることはできぬ。手厚く葬ってやるがよい」

男たちの隙間から、ようやく少女の顔が見えた。その顔は思ったよりも安らかだったが、長いまつげにふちどられた目は力なく閉じられ、小さな口はかすかに開き、肌は夜目にも青白く、すでに命が失われていることは明らかだった。

だが――

「違う」

マリウスは思わずつぶやいた。

「違う。イェン・リェンじゃない」

「ああ、そうだな」

マリウスの隣で、チェン・リーも認めた。

「この娘はワン・イェン・リェンじゃない」

「なんだと？」

男たちの輪のなかからひとりがふりかえった。みればかなり年長で、眼光鋭く、まわりの男たちの態度からも、その男が一目置かれていることがうかがえる。肩から羽織った上着には、自警団の紋章が入っている。

「これは、ガイ・シン団長」

チェン・リーは、その男に向き直り、軽く頭を下げた。

「うちの行方知れずになった遊女見習《イエリャン》いじゃないか、って聞いたんで飛んできたんですが、どうやら違うようで」

「違うのか。――とすると、この娘は誰だ？　例の神隠しのひとりか？」

「いえ――」

チェン・リーは首を振った。

「俺の知る限りでは、違うようです。あの娘らの特徴はぜんぶ頭に入ってますが、どれにも当てはまらない」

「ふむ……。しかし、妙だな。顔に化粧《けわい》は残っているし、身につけてるもんは遊女のそれだが、それにしては若すぎる。となると……」

ガイ・シンはまわりを見まわした。

「おい、誰か。この娘に見覚えのあるやつはいねえか」

その声に、ひとりの男がおずおずと手をあげた。

「あのぉ、団長。あっしにはどうも、思いあたる娘がいるんですがね」

「おお、アム。誰だ」

「さっきから必死にこう、頭を絞ってたんですがね。おそらく、うちにいたモイラって娘じゃねえかと思うんですが」

「モイラ。――聞いた名だな。ずいぶん前だと思うが」

「へえ」

　カンナ亭のアムはうなずいた。

「二年ほど前になりやすが、その、モイラって遊女見習《イェリャン》いがいなくなりやして。女衒に連れてこられたばかりで、十一か十二くらいだったと思いやすが……ある日、他の娘と一緒に使いに出かけたまま、姿がみえなくなっちまいやして……」

「おお、そうだ。あったな、そんなことが」

　ガイ・シンは額を右手でぴしゃりと打った。

「みな総出で運河を探した覚えがある」

「その節は、団長にも皆さんにもご面倒をおかけいたしやして」

　アムは頭を下げた。

「あんときには、運河のわきに娘の履きものが落ちているのが見つかりやして。こりゃあ可哀相に運河に落ちちまったか、ってんでずいぶんと水底を浚《さら》ったりもしたんですが、けっきょく見つからずじまいで。たぶん、そのまま溺れて湖まで流されちまったんだろう、ってことになっていたんですが」

「そうだったな。——だが、この娘、たしかにモイラなのか？」

「ええ、間違いねえと思いやす」

「ふむ。しかし、なんでいまごろになって、この娘が運河に浮かんでたのか……」

云いながらガイ・シンは、ふたたび娘の横にしゃがみ込んだ。それを横目で見ながらマリウスは、チェン・リーにそっと話しかけた。

「ねえ、チェン・リー」

「ん？」

「あの気の毒な娘さん、いなくなったときが十一か十二、っていうなら、いまは十三から十四ってことだよね」

マリウスはそっとヤヌスの追悼の印を切りながら、地面に横たえられたままの息絶えた娘をいたましく見た。

「確かにそのくらいの年に見えるけれど……でも、団長が云ってたとおり、羽織ってる衣装は、遊女見習いっていうよりは、れっきとした遊女のものみたいだ。それに化粧も……」

「そうだな。うーむ……」

と、チェン・リーがうなったときだった。娘のそばに再びかがみこみ、なにやら調べていた医者が、ふいに声をあげた。

「おや、これは……」

「どうした、先生」

「ガイ・シンどの。先ほどはうかつにも気づかなかったが、この娘、どうやら腹にやや子がおる」

「なんだって？」

ガイ・シンが驚いて駆けよった。

「そりゃ、どういうことだ？」

「やや子って……」

「まだずいぶん若いが――」

まわりの若い衆たちが、いっせいにざわめきだした。そのようすをやや呆然と見ていたマリウスの肩を、チェン・リーが叩いて云った。

「おい、いこう」

「え、でも――」

「もう、ここには用はねえ」

用心棒はさっさと歩きだした。

「俺たちが探しているのは、ワン・イェン・リェンだ。そうだろう？　あのモイラって娘は気の毒だが、俺たちがここにいても、もう役に立てることはなにもねえ。時間の無駄だ。とっとと蓮華楼に戻って、イェン・リェンを取りかえす手立てを考えよう」

「――そうだけど……でも」

「ほら、マリウス。いくぞ」

「――うん」

マリウスは最後にもういちど、哀れな娘に向けて印を切ってから、なんとなく後ろめたい気分で用心棒のあとを追った。チェン・リーは云った。

「しかし、これでひとつ判ったことがあるな」

「なにさ」

「どこだかは判らんが、そう遠くないところに闇妓楼がほんとうにある、っていうことさ。それも、そいつらはだいぶ前からうちにちょっかい出してたことになる」

「ああ」

マリウスは合点した。

「そうだね。あのモイラって娘はたぶん……」

「そうだ」

チェン・リーはうなずいた。

「あの娘、闇妓楼で働かされていたに違いねえ。二年前、行方知れずになったときに掠われて、闇妓楼でひそかに客をとらされていたんだ。そう考えれば、なにもかもつじつまがあう。あの年齢《とし》に不相応の遊女の衣装も、腹のやや子も――まあ、ここはタイスだ。十三やそこらで子をもうけるってのも、それほど珍しいってわけでもねえが、感心することじゃねえのも確かだ。ましてや、大公さまのお墨付きをもらって商売してる俺らのようなところではな。そんじょそこらの世間さまよりも、かえってあっちゃあならねえことだ。だが、こいつが闇妓楼の仕業だと考えれば、おかしなことじゃねえ。もしかすると、あの娘が命を落としたのも、闇妓楼の奴らのしわざかもしれねえしな。やや子ができた娘に用はねえ、とばかりに地下水路へでも突き落としたんじゃねえか。そいつが運悪く――だか運良くだかしらねえが、まわりまわってどっからかぽっかりと現れて、ここに流れついた、ってところかもしれんぞ」

「ひどい」

マリウスは憤然とした。

「なんで、そんなことができるんだろう」

「まったくだ」

チェン・リーはうなずいた。

「年端もいかねえ娘が遊女みてえにもてあそばれて、孕まされたあげく、おそらくは殺されて捨てられたってんだ。そんな所行を平気でやるやつなんてのは、タイスじゃ相場が決まってる。東の廓あたりに巣食ってる腐れ外道どもだ。さもなきゃ、おそれおおくも領主さまのタイ・ソンだな。もっとも東の廓とタイ・ソンは棒組だ、ってことかもしれんが。どっちも西にとっちゃあ仇敵だからな。ノヴァルさまたちの暗殺にしたって、東にしろ、タイ・ソンにしろ、動機にはことかかん。手を組んでたっておかしくねえ。あいつらなら、いざとなったら怪しい魔道だって使うだろう。となれば、おそらく、イエン・リエンを掠ったのもそいつらだ。一石二鳥ってわけなんだろうよ」

「でも、そうだとしたら、これはいよいよのんびりしてられないよ、チェン・リー」

「ああ、そうだな。――とはいえ」

チェン・リーは、通りの向こうの大門へちらりと目をやった。

「大門が開く気配はねえしな。さて、どうするかな……」

「なんとか、頼みこんで出してもらうわけにはいかないの」

「――いや」

チェン・リーはしばし考えこんでから云った。

「ここは思案のしどころだ。東の廓にしても、タイ・ソンにしても、俺たちが真っ正面からぶち当たってどうにかなる相手じゃねえ。それにジャスミンも気を揉んでるだろうし、やっぱり、いったん蓮華楼へ戻ろう。大門だっていつまでも閉めてるわけにはいかねえんだ。そう遠くないうちに開くだろう。それまでに手立てを考えよう。急いてはことをし損じる、だ。ダゴンの粗忽《そこつ》、ってやつだな」

だが――

その夜、気まぐれな運命神《ヤーン》は、彼らに思案のひとときを与えるつもりは微塵もないようであった。

「ああ、チェン・リー。ようやく帰ってきてくれた。待ってたんだよ」

ジャスミンの部屋に戻ったふたりを待っていたのは遊女ではなく、蒼白な顔で落ちつかないようすのヤム婆さんだった。

「なんだい。どうしたい、ヤム婆さん。なにかあったのか。ジャスミンはどうした」

「それが戻ってこないんだよ」

「なに？」

チェン・リーとマリウスは、思わず顔を見あわせた。

「どこへ行ったんだ。ジャスミンは」

「離れだよ。ノヴァルさまの離れ」

遣り手婆はおろおろと云った。

「あんたたちが出て行ったあと、すぐにね。ちょっと気になることがあるからって、離れに行ってくるって出ていったんだよ。あたしは、あんな怖ろしいことがあったばかりのところ――まだノヴァルさまをきちんとお送りもしていない、お祓いもろくにしていない、そんなところに行くのはやめときな、せめてあんたらが帰ってくるのを待ちなよ、っていったんだけど、どうしてもすぐに確かめておきたいことがあるんだって云ってきかなくて……」

「ああ。確かにジャスミンは、そんなことを云ってたな。それで」

「で、あんたらが帰ってきたら、離れにくるように伝えてくれって云われて、それであんたらを待ってたんだけど――でも、もうかれこれ一ザンも戻ってこないんだよ。あの娘はああ見えて、とても肝の据わったところがあるから、離れであんたらを待ってるのかも知れないけど、それにしても、あんな不気味なところで、こんなに長い間、ひとりでいられるもんかい？　あたしだったらとっても無理だよ。だから、なんかあったんじゃないかと――」

「わかった、わかった、婆さん。落ちつきなよ。いまから離れにいってくるからさ」

用心棒はなだめた。

「ちょっと待ってなよ。すぐにジャスミンを連れてくるからさ。――悪いが、マリウスも手伝ってくれるか」

「ああ、もちろん」

腰をおろす間もなく部屋を飛び出したワン・チェン・リーに、マリウスも続いた。

本館から離れまでは、広々とした外廊下でつながっている。もっとも、外廊下に行くには遊女たちが春をひさぐ部屋がならぶ一画を抜け、さらに厨房や若い衆の詰め所などのあいだを抜けてゆかねばならぬ。したがって楼主以外に外から人が訪れることはほとんどなく、賑やかな楼にあってもふだんから静かな場所だ。しかし、いまの離れの静寂には、それこそ黄泉の入口へ通じる門ででもあるかのような重々しいものがあった。

いかにもクムの邸らしく、漆喰の土壁でかこまれた離れの入口につるされている常夜灯もすべて消され、周囲はほぼ闇に閉ざされている。ただ、ときおり外の通りを行きかう自警団の松明のものと思しきゆらめきが、広い庭の木々のたかみにかすかに反射して、主を失った離れの輪郭を闇のなかにぼんやりと浮かびあがらせるばかりだ。普段なら、秋の気配を涼しげに伝えてくるはずの虫たちも、今夜は声をぴたりとひそめている。

これまたクム風にしつらえられた竹模様の扉が閉じられた玄関もまた、たたずまいはいつもと変わらず、ひっそりとそこにあった。もっとも隅には清めの白蓮の粉が盛られ、あたりには没薬のかおりがただよい、この離れから主が永遠に失われたことを告げていた。

だが、異変はそれだけではなかったのである。

「――おかしいな」

玄関の前に立ったチェン・リーは、小さく首をひねった。

「あかりがついてねえな。なんの気配もねえ」

「確かに。真っ暗だね。ジャスミン、いないのかな？　途中で行き違ったのかも」

「――いや」

チェン・リーは首を振った。

「ジャスミンの部屋からここまでは、廊下一本なんだ。行き違いになりようがねえよ」

「そうか……」

「――ジャスミン、おい、ジャスミン！　いないのか？　ジャスミン！」

「ジャスミン！」

チェン・リーとマリウスは、玄関の外から口々に声をかけてみたが、なかからはまったく返事がない。

「こいつあ……」

「妙だね。開けてみる？」

「ああ」

チェン・リーはぶつぶつと魔除けの呪文を唱えると、そっと扉を引いた。きいっ、と小さな音がして、扉が静かに開いた――

その瞬間。

「ああっ！」

「なんだ、これは！」

二人は目の前の光景を見て、同時に叫んでいた。

チェン・リーがつきつけた手提灯のあかりのなかに浮かびあがったもの。

それは白い死装束に身をつつみ、頭を玄関に向け、床にうつ伏せに横たわる男の姿であった。

その顔はわずかに横を向き、両手はだらりと脇に垂れ、両足もまた力なく伸ばされていたのだったが――

「こいつは、まさか……」

用心棒は男のそばにしゃがみこみ、呼吸のないのを手で確かめると、その顔をそっとのぞきこんだ。ごま塩の頭に、やや垂れた目、深くしわの刻まれた大きな口もとがマリウスにもかろうじて見える。チェン・リーはなんども男の顔を確認し、やがてうなるように云った。

「ノヴァルさまだ。間違いない」

「ばかな！」

マリウスは思わず叫んだ。

「楼主の遺体は祭壇に安置されているんじゃないの」

「ああ、そうだ。そのはずだが、なんでこんなところに――あっ！」

チェン・リーがなにかに気づき、声をあげた。

「マリウス、これをみろ！」

用心棒が指さしたものをのぞきこみ、マリウスもまた声をあげた。

「あっ、これは――！」

死してなお、苦悶の表情で床に横たわるラオ・ノヴァルのぼんのくぼ。そこには伸びた襟あしに隠れるように、一本の髪飾りが深々と突き刺さっていた。何枚もの銀の花びらがまわりを飾り、そのまんなかに大きな紅玉がひとつあしらわれている小さな髪飾りが――

さよう、それはまさしくワン・イェン・リェンの髪飾り――行方不明になった少女が何よりも大事に、大切に守ってきた母の形見の髪飾りだったのである。

GUIN SAGA

グイン・サーガ外伝24

リアード武俠傳奇・伝

牧野　修

天狼プロダクション監修（ハヤカワ文庫ＪＡ／１０９０）

村中の人間が集まると、アルフェットゥ語りの始まりだ！　豹頭の仮面をつけたグインがゆっくりと登場する。そこはノスフェラス。セム族に伝わるリアードの伝説を演じるのは、小さな旅の一座。古くからセムに起こった出来事を語り演じるのが生業だ。しかしその日、舞台が終わると役者の一人が不吉な予感を口にして身を震わせた。それは、この世界に存在しないはずの、とある禁忌をめぐる数奇な冒険の旅への幕開けだった。

GUIN SAGA

グイン・サーガ外伝25

宿命の宝冠

宵野ゆめ

天狼プロダクション監修

（ハヤカワ文庫ＪＡ／１１０２）

沿海州の花とも白鳥とも謳われる女王国レンティア。かの国をめざす船上には、とある密命を帯びたパロ王立学問所のタム・エンゾ、しかし彼は港に着くなり犯罪に巻き込まれてしまう。一方、かつてレンティアを出奔したが、世捨人ルカの魔道によって女王ヨオ・イロナの死を知った王女アウロラがひそかに帰還していた。そして幾多の人間の思惑を秘めて動き出した相続をめぐる陰謀は、悲惨な運命に導かれ骨肉相食む争いへと。

早川書房

著者略歴　東京生まれ。東京大学大学院工学系研究科博士課程修了。「グイン・サーガ　トリビュート・コンテスト」優秀作を経て、グイン・サーガ外伝『黄金の盾』でデビュー。

HM=Hayakawa Mystery
SF=Science Fiction
JA=Japanese Author
NV=Novel
NF=Nonfiction
FT=Fantasy

グイン・サーガ外伝㉗

サリア遊廓《ゆうかく》の聖女《せいじょ》1

〈JA1544〉

二〇二三年三月二十日　印刷
二〇二三年三月二十五日　発行

（定価はカバーに表示してあります）

著者　円《えん》城《じょう》寺《じ》忍《しのぶ》
監修者　天狼《てんろう》プロダクション
発行者　早川浩
発行所　株式会社早川書房

郵便番号　一〇一-〇〇四六
東京都千代田区神田多町二ノ二
電話　〇三-三二五二-三一一一
振替　〇〇一六〇-三-四七七九九
https://www.hayakawa-online.co.jp

乱丁・落丁本は小社制作部宛お送り下さい。
送料小社負担にてお取りかえいたします。

印刷・株式会社亨有堂印刷所　製本・大口製本印刷株式会社

ISBN978-4-15-031544-3 C0193